我想看到的是大千世界，繁华似锦。

我所留恋的是万丈红尘，

无尽美丽。

当你启程前往伊萨卡，

但愿你的道路漫长，

充满冒险，充满发现。

——卡瓦菲斯，《伊萨卡岛》

# 让我去那花花世界

An Innocent Tour

# 让我去那花花世界

AN INNOCENT TOUR

苗炜 著

译林出版社

# 目 录

# 一个虚无的主题公园

我看过太多甜腻的游记，把世界上众多城市都描绘成美不胜收的地方，哪怕是一次平庸的旅行，也被渲染得格外浪漫。写作者要再透出一种傻乎乎的高兴劲，就更让人难受。好像他现在生活的地方很不幸正是这世界上最不值得生活的地方，不管跑到一个多无聊的狗屁异乡，他都会感到兴奋。有些人擅于美化自己的故乡，有些人擅于美化巴黎纽约泰国菲律宾。我相信他们这样做都有充分的理由，我也承认，阅读那些游记更能激发起我想去看看这世界的念头，他们一定是真正感受到了旅行生活的美好并且忠实记录了下来，感谢那些游记和旅游杂志，他们将海外旅行说成是有益身心、提高情操、开阔眼界的好行为。我不反对这做法，但我还是要矫情地说，一次美妙的旅行会让我更加感觉到空虚。

法国作家夏多布里昂在1830年代这样记述他的旅行："我似乎是在英国结束了一次奔波，就像我曾经在雅典、耶路撒冷、孟菲斯和迦太基的残骸上做过的一样。我历经一个又一个名城，看见它们一个接一个地毁灭，我感到某种痛苦的眩晕。莎士比亚和弥尔顿，亨利八世和伊丽莎白，克伦威尔和纪尧姆生活的岁月今安在？这一切都结束了。高尚和平庸，恨和爱，幸福和苦难，压迫者和被压迫者，刽子手和牺牲品，国王和人民，都沉睡在同一种寂静和尘埃之中。倘若人类和天才之最活跃部分尚且如此，他们如同昔日的影子游荡在当代人中，他们已不能靠自己活着，甚至不知道自己曾经活过，那么我们该是怎样一种虚无啊！”

夏多布里昂这番话可以解释为什么到了巴黎要追思那里的逝者。为什么要去蒙帕纳斯公墓看萨特？因为我年轻时看过萨特的书。为什么要找到克拉拉·哈丝姬尔的墓？因为前两天正好听过她弹奏的莫扎特。波德莱尔、圣－桑、莫泊桑、贝克特，你喜欢过哪一个就可以去找找他埋在哪儿。在拉雪兹神父公墓的入口处，兜售名人墓碑地图的老头问我："你从哪里来？”我说："中国。”老头儿一下很兴奋，说，墓地的围墙之外有一道巴黎公社墙，中国人都要去那里看一看。他不知道，我们文艺青年到这里是来找肖邦和普鲁斯特的。

1804年，拉雪兹神父公墓启用，十一年后才刨了两千个坑，利用效率太低，巴黎市政府知道市民喜欢有名气的大人物，一股脑将拉封丹、莫里哀等人给埋在这里，如政府所料，这地方一下子火了起来，又过十一年，刨坑总数就达到了三万三千多。又过一百多年，大批活人溜达进这个四十四公顷的陵园，他们到这里的理由和那些1817年要在这里弄一块阴宅的死人一样：都喜欢和名人有点关系。

在拉雪兹神父公墓，一个年轻人问："莫迪利亚尼在哪儿？”按当时的环境，这话也许该翻译成："莫迪利亚尼死哪儿去了？”这个喜欢把人的脖子画得长一点的家伙是20世纪早期巴黎艺术家生涯的典型代表：

酗酒，吸毒，风流韵事不断。好多人也这样干，但有两个地方不如莫迪利亚尼：一个是才华，一个是不能在三十五岁时干脆死掉。蒙马特高地上还保留着莫迪利亚尼的一处文化遗迹——跳跳兔酒吧，他和毕加索等人曾经常光顾，现在这酒吧晚上九点开始营业，要事先预订座位，含一杯饮料，价格是十七欧元。

我记得在海明威的小说里见过跳跳兔酒吧的名字，但远不如丁香咖啡馆留下的印象深，在《太阳照常升起》里，海明威曾经对丁香咖啡馆前面的奈伊元帅像做过几笔描写。而《流动的圣节》简直可以称得上是一本在蒙帕纳斯徒步旅行的指南，当然这本书更大的诱惑是让你一定要到巴黎转转，如果可能，就在巴黎度过青春岁月。

他们的青春岁月就像是文学的青春岁月，他们那时候贫穷、年轻、拼命写作，盘算着一个小说能不能卖出去，后来的文学青年也要经历类似的状态，就像海明威在 1920 年代的巴黎。不过，1944 年，海明威以一种极其绚烂的姿态重回巴黎，当时，攻入欧洲大陆的盟军想绕开巴黎，因为维持这个大城市的生计要消耗掉过多的资源，延缓盟军向德国推进的速度。但是，解放巴黎几乎是一种不可遏制的冲动，军事行动自发地开始了。海明威是战地记者中冲在最前面的一个，他坐着坦克重回巴黎，按照他后来的吹嘘，是他"解放"了丽兹饭店。巴黎解放当天晚上，海明威在丽兹饭店摆了第一桌，招待二十多人喝了一顿大酒，当侍者送来账单的时候，海明威发现下面还附有消费税，他说：为解放巴黎可以付账，可维希政府要收的税，一分也没有。

丁香咖啡馆如今已是一处高档餐厅，门口是为顾客泊车的侍者。旁边的田园圣母街113号是海明威居住过的地方，但现在的门牌号从111号直接跳到了115号，不过，蒙帕纳斯附近还是能找到几个和他有关的地方，威尼斯客栈——海明威在这里第一次遇见了同乡菲茨杰拉德，福尔斯塔夫酒馆——贝克特、海明威、菲茨杰拉德等人经常在此喝酒。我在这家酒馆的酒单上看见了产自欧洲的各种啤酒，点了两杯，琢磨那帮文豪到底喜欢在哪个座位喝酒。在卢森堡公园附近哪一个厕所里，菲茨杰拉德向海明威亮出“老二”，抱怨说他老婆总嫌他这家伙小？英国记者帕林著有《海明威冒险》一书，他从美国开始，沿着海明威的足迹走到法国、西班牙、意大利、非洲、加勒比海和古巴，探访海明威的活动地点。我在左岸的莎士比亚书店看到这本书。莎士比亚书店离巴黎圣母院很近，是游览左岸的一个好起点。不过，现在这家书店和当年毕奇女士所开的那家没有任何关系。

毕奇老书店的旧址在欧德翁街12号，我在一个周日的下午找到那里去，大门紧闭，抬头仰望可以看见一块牌子，上面写着：莎士比亚书店旧址，1922年首次出版了乔伊斯的《尤利西斯》。

海明威早期文学生涯的一个导师是略微肥胖的斯泰因女士，他在家里跟自己的老婆嘀咕，斯泰因女士的乳房估计每个重十磅，不过当着人家的面总摆出虚心好学的架势。斯泰因大概在指导文学青年这方面有特殊的癖好，不过，我怀疑这女人对海明威的文学创作并没有提出太多建设性的意见，倒是对他的第一次离婚起到了促进作用。她还对毕奇女士出版《尤利西斯》很不满，说那书内容淫秽，从此拒绝到书店来。在欧德翁街 12 号留影，发思古之幽情，往右一溜达，猛然看见 10 号的历史地位也了不起，大门上方的牌子上写道：法国大革命时期通过的《人权宣言》在此起草。猛然间我感觉自己置身于一个类似于环球影城的地方，没有特技表演，却有无边往事重现，巴黎就是这样一个沉寂的主题公园。

海明威在他某个小说中有一段不常见的絮叨，夹杂着《传道书》：“人所需要的只是虚无和亮光以及干干净净和井井有条。有些人生活于其中却从来没有感觉到，可是，他知道一切都是虚无的，一切都是为了虚无，虚无是你的名字，你的王国也叫虚无，你将是虚无中的虚无，因为原来就是虚无。”海明威的底色就是一种虚无，在这个背景之下，人们恋爱喝酒放纵，狂暴与寂寞，两个人之间牢固的爱情与这个世界的不可信赖，欣赏物质世界中的美丽，同时含有一种奇异的苦痛，是对绝望的短暂补偿。

但是，这个世界，如果可以，让我多看一些。

但愿你的道路漫长

十几年前的一个夏天，我在大学校园外面的一个小饭馆里喝酒，傍晚的风吹动杨树叶子发出哗啦啦的响声。因为是暑假，我那几个喝啤酒的同学都回家了。邻桌是个留学生，我们聊起来，他家在荷兰，路途太远回不去，我说："坐飞机不是十个小时就到了。"他说："我害怕坐飞机，也不喜欢坐飞机，因为坐飞机你唰的一下就到家了，好像这个世界很小。我愿意坐火车，一站一站停，要很多天才能从北京到荷兰，这样我就可以在火车上想，中国真是个遥远的地方。"

从他这番话中，我知道两件事，第一，有许多人愿意把旅途的时间拉长；第二，荷兰人害怕坐飞机，荷兰球星博格坎普就是这样的。

我中学时坐火车的两次旅行，获得的地理知识比在教室里读一个学期还要多。正是在火车上，我记住了中国几大铁路线经过的城市名称，并且开始幻想，如果有一天我能从北京坐火车去欧洲该多好呀，我为自己设想出了第一次游览欧洲的目的地——巴黎，我可以飞过去，然后再从那里坐火车回来，延长旅途的时间，让我穿行在西伯利亚莽莽大地上的时候，能感受到北京和巴黎距离是多么遥远。

我第一次出国旅行，的确要先坐北京到巴黎的航班。飞行了两个小时之后，我从舷窗望下去，下面是蒙古和西伯利亚的土地，我看见了呼啸的风沙掠过戈壁，看见了白茫茫的雪原，雪原上黑色的纹路，我不知道那黑色的条纹是什么，从万米高空上应该看不到铁路或公路。那次旅行的经验是，飞过莫斯科，欧洲境内的任何城市都不会再显得遥远。而飞过鄂木斯克，俄罗斯境内的飞行就算完成了一半，这个城市给我留下了深刻印象，是因为鄂木斯克这个词的英文拼写 Omsk 是四个字母，汉语名字也是四个字，几乎可以一一对应的发音。

2004 年的 9 月 15 日，我在巴黎共和国广场附近的一条酒吧街里喝啤酒，向我在巴黎的朋友讲述一路的见闻，这一次我们是开车过来的。北京吉普赞助的“中法文化之旅”帮助我们实现了这样一个梦幻的旅程。

我们聊到了 1907 年北京至巴黎的汽车比赛，那一年，法国一家报纸提出设想：举行北京至巴黎的汽车比赛，“这项比赛没有一定要遵守的礼仪，也没有起约束作用的规则，所要做的事就是将一辆汽车由北京开至巴黎。自然，有可能的话，要争取第一”。1907 年 6 月 10 日早晨，五辆汽车从法国殖民部队驻北京的兵营出发，8 月 10 日，意大利人博格基斯驾驶意大利生产的伊塔拉汽车首先到达巴黎，他比第二名提前两个星期到达。

在我们这次旅行的途中，同伴们曾多次谈到 1907 年的比赛，北京的一位职业车手告诉我，那年的比赛，从北京到张家口就走了一个月，因为许多地方没有路，要靠人抬着车走，从张家口开到巴黎用一个月的时间，那在当时应该算是很了不起的成绩，如果可能，2007年应该再举办一次北京到巴黎的汽车拉力赛。我们的车队行进到喀山的时候，遇到了一支波兰“路虎”车队，他们从华沙开车到海参崴再返回去，行程三万公里。我们还碰到过一支德国的房车车队。旅途之中，我多次看到飞机的起起落落，看到火车飞驰而过，许多人都在旅途之中，所有人都在旅途之中。

从共和国广场的酒吧中出来，醺然之中，一路的风景杂乱地涌现，我看到大地，看见森林、湖泊、河流，看见蔓延的田地，看见低垂的天空，看见路标、车流和无数的面孔。我想起一句诗：“但愿你的道路漫长，充满冒险，充满发现。”但我想不起来，这句诗出自何处，何人所写。

9月19日，返程的飞机从戴高乐机场起飞，晚霞之中我眺望巴黎，徒然地想找到埃菲尔铁塔的影子，这首诗的另外两句冒了出来：“但路上不要过于匆促，最好多延长几年。”

这是希腊诗人卡瓦菲斯的《伊萨卡岛》。人生就是一次旅行，这个古老的比喻是说，要把对外在世界的了解与内心的完善联系在一起。且让我抄录一段在下面：

当你启程前往伊萨卡
但愿你的道路漫长，
充满冒险，充满发现。
莱斯特律戈涅斯巨人，独眼巨人，

愤怒的波塞冬海神——不要怕他们：

你将不会在路上碰到诸如此类的怪物，

只要你保持高尚的思想，

只要有一种特殊的兴奋

刺激你的精神和肉体。

……

但愿你的旅途漫长。

但愿那里有很多夏天的早晨，

当你无比快乐和欢欣地

进入你第一次见到的海港：

但愿你在腓尼基人的贸易市场停步

购买精美的物件，

珍珠母和珊瑚，琥珀和黑檀，

各式各样销魂的香水

——尽可能买多些销魂的香水；

……

（黄灿然　译）

补记

1907年那次拉力赛，意大利《晚报》记者巴津尼全程采访了这次比赛，并留下了珍贵的影像资料。那一次的路线是张家口—库伦（乌兰巴托）—伊尔库茨克—鄂木斯克—乌拉尔，最后一直到莫斯科和巴黎。事实上，这条比赛路线有一个更古老的名称，那就是“茶叶之路”。美国学者艾梅霞在圣彼得堡历史研究档案中见到过一批照片，是俄国沙皇下令拍摄的，目的是记录他们的势力越过西伯利亚进入中国的进程，此后她在蒙古生活了多年，对那些老照片背后的历史的兴趣与日俱增。她的著作《茶叶之路》2007 年 2 月出版了中文版。

《茶叶之路》中对张家口、呼和浩特、乌兰巴托的经商路线做了细致的描述，其中引用一段丹麦探险家哈士纶的描述，哈士纶 1923 年从北京前往蒙古，“我们第一次在亚洲大陆的晴朗天空下卷着毯子入睡。站在山口之上，展现在我们面前的是这样一片游牧民族的土地，这样广阔的草原。夕阳西沉时，我们似乎得到了重生，而这新生命有着丘陵的坚强、天空的深邃，以及日出的美丽”。哈士纶是用骆驼和马队完成探险的，张家口距离乌兰巴托一千公里以上，骆驼队要走一个月左右，这样慢的速度会让人不觉得自己在旅行，到达目的地的念头只在脑海中一闪而过。“在蒙古高原，他们进入了一个与充斥繁文缛节的中国截然不同的世界。无边无际的天空下，广袤的大地上，似乎有着无尽的自由。”

# 在这里失去的生活

我们的车队2004年8月22日从北京出发，8月27日进入俄罗斯境内，9月11日到达明斯克，9月15日到达巴黎，在巴黎休整四天后乘飞机返回北京，而十五辆汽车由中国远洋运输总公司从加来港运回。

## 西伯利亚的流放者

我们在俄罗斯的边境上滞留了七个小时，才把车开进外贝加尔斯克。俄罗斯迎接我们的是渐浓的夜色和逐渐降低的气温，“大切”上的温度计显示，车外的气温从摄氏十二度到了八度，五度。深夜时分，我们在达拉孙城外的一个小镇子上加油，有两个中年妇女带着两个三四岁的孩子坐在加油站边的一块大石头上，闪电之中有细细的雨丝落下，她们的面前有一个小塑料桶，装着蓝莓。车队里的“河南老王”打算买十卢布的蓝莓，比画了半天，我们才明白，这桶蓝莓二百五十卢布，要买就买一桶。加油站的加油管子太粗，欧蓝德油箱的进油口又太细，更为麻烦的是，油泵不能自动加满，你只能估算自己要加多少升油。俄罗斯向导宽慰我们，别着急，这里比较落后，明天的路上，我们就能找到尤科斯的加油站，那里很先进。

北京时间夜里十二点，当地时间凌晨两点，我们到达赤塔的住地。宾馆里居然为我们留着饭菜，还有脱衣舞表演，有个汉子领着个矮胖的妓女，挨个儿敲我们的房门，用生硬的汉语询问："姑娘，要不要？"

我们在俄罗斯境内跨过的第一条大河是额尔古纳河，我们从国境线开出五百公里还没有到达当年的尼布楚。那些山林、河流，那些遍布着苜蓿、杂草、野菊花的丘陵，我真希望那是属于我们的地方，辽阔的疆域本身就是一种美感。"尾车"上的职业车手张亚军喜欢研究地图，他说，俄罗斯从中国夺走的土地面积相当于三个法国。

统治这样一个庞大的国家需要什么？我们在俄罗斯的第二站是乌兰乌德，布里亚特共和国的首府，这里的城市广场上竖立着世界上最大的列宁头像，步行几分钟，又能看到一个蒙古少女的塑像。苏联时期，布里亚特的文化与语言几乎被废止，克格勃装扮成喇嘛以应付喇嘛庙对公众开放的任务，显示苏联的宗教宽容政策。1988 年，外国游客才获准进入布里亚特共和国。

8 月 29 日，我们从乌兰乌德直接开到贝加尔湖边的一个度假村，行程一百六十六公里。这是整个旅程中行车距离最短的一天。住进浓密森林下的木屋，眼前的贝加尔湖就像一片大海。诗人大仙在湖边，朗诵法国诗人弗朗索瓦·雅姆的悲歌："洗好你的身体，离开辛酸的世界，来到我的静思堂，那儿听得到活水的流动，白色太阳已衰微。"

那一晚，太阳是金色的。我们喝了好多啤酒，吃了好多烤鱼。第二天，到达伊尔库茨克，行程四百八十公里。这段旅程始终在贝加尔湖边，火车要走五个小时左右，我们的车队用十小时，跨过一道道流入湖中的大河，经常是拐过一个山脚就看见湖水。贝加尔湖相当于一个比利时的面积。我在车上依然不停地喝酒吃鱼，路上总能碰到卖烤鱼的地摊，那玩意太好吃了。

与赤塔和乌兰乌德相比，伊尔库茨克是一个更有现代气息的城市，许多旅游者选择从这里去贝加尔湖。我们到达伊尔库茨克的时候是下午六点，那里的“十二月党人”博物馆已经关门，这座城市最有名的居民就是“十二月党人”。

在我们旅行的途中，战争是一个热闹话题。大家谈论卫国战争和1812年拿破仑对俄国的入侵，后者促发了托尔斯泰的巨著《战争与和平》。按照以赛亚·伯林在《俄国思想家》一书中的分析，托尔斯泰在这部小说中讽刺了那些自以为能操纵人类事务的理论大师和军事家，拿破仑以为他正确解答了历史提出的问题，也就成为一出大悲剧中最可悲的演员。那些出身贵族家庭的军官在学校里就开始阅读伏尔泰、卢梭，他们响应亚历山大一世的号召抗击拿破仑的军队，在远征西欧的征途之中，他们接触到了被民主与自由洗礼过的空气。他们的疑惑是：为什么赶走入侵者，却把锁链更深地套在自己身上？难道用流血换来的国际地位却是为了让国内的人民遭受当权者的侮辱？

1821年在俄罗斯境内成立的秘密团体以“君主立宪”及“实现共

和”为目标，他们开始起草俄罗斯自己的宪法。1825 年 12 月，亚历山大一世去世引发的宫廷混乱，给了这批贵族军官起义的机会。“十二月党人”是“一八一二之子”，他们建立共和国的梦想未能实现，后来被杀头或者被流放。他们的妻子、孩子则跟随他们，从莫斯科、圣彼得堡远赴西伯利亚。今天的 53 号公路还时常断路维修，我们开过数百公里的沙石路，这条道路至少有三百年的历史，当年的“十二月党人”就从这条路开始流放之旅。

从伊尔库茨克至图伦，行程只有三百九十公里。入城之前是土路，前车扬起黑色的烟尘，路上间隔着站着三个小男孩儿，他们冲着车招手，然后跪了下来。图伦是一个败落的煤矿城市，城里没有一家旅店能接待我们这几十号人，于是大家分头住。我们几个被安排在一间体育学校的宿舍里，楼道里空荡荡的，操场上也空荡荡的，几个小姑娘在打排球。几天之前，中国女排战胜俄罗斯女排获得雅典奥运会冠军。

9 月 1 日，从图伦出发，汽车在森林、大雾中穿越了几个小镇，我看到一群群的小姑娘、小小子，穿着洁白的衬衣，手捧着鲜花，在路上走，那一天是俄罗斯的“开学节”。我们每个人都会想起《乡村女教师》。但就是在那天下午，头车的导游通过手台告诉车队：在俄罗斯的北奥塞梯共和国的别斯兰市发生了劫持事件，有恐怖分子闯进一所学校，劫持了上千名学生。早上的孩子们是那么的漂亮，北奥塞梯的别斯兰又是在哪里呢？每次加油的时候，加油站里的电视都在播送这条突发新闻。

那天晚上，我们到达克拉斯诺亚尔斯克，入住的酒店在叶尼塞河边，门前就是一个广场。广场上聚着上千学生，我们的车队就像闯进了一个大派对，那些青年男女也在庆祝开学，喝酒聊天。我们抄起波罗的海 9 号啤酒杀进女大学生的阵中，跟洋妞频频撞杯，豪爽地说，给这桌来十瓶啤酒，给这桌再来十瓶！这个克拉斯诺亚尔斯克边疆区的首府与北京没有时差，这里出产的农用机械闻名于世，我曾经见过一张照片，是毛主席考察这里的拖拉机厂。

克拉斯诺亚尔斯克离莫斯科的铁路里程是四千零六十五公里，飞机要用四个半小时。我们第二天的目的地是新西伯利亚，路牌指示，八百二十公里。接下来是新西伯利亚至鄂木斯克，行程六百五十公里（鄂木斯克最著名的流放者是陀思妥耶夫斯基，他在那里生活了四年）。途经克麦罗沃州的首府克麦罗沃，那里的矿工罢工是前苏联解体的导火索之一。

9 月 4 日，别斯兰人质危机解决。我们从鄂木斯克到秋明，行程六百四十公里。秋明，一座油田城市，我们居住的地方就叫“石油工人招待所”，这里是我们此行纬度较高的地区，天气很冷。在俄罗斯的旅途进行了大半之后，我们终于来到叶卡捷琳堡。

## 跨越欧亚大陆的分界线

9 月的叶卡捷琳堡已经像北京的冬天一样寒冷，这里的冬天长达五个月，最低气温可达零下四十摄氏度，夏天只有两个月，气温二十度。我们先在城市里转了一圈——基洛夫广场、乌拉尔大学、列宁大街，然后住进火车站前的宾馆。那家店已经二十五年没有装修，我住的那个房间根本关不严窗户，和服务员商量了半天，她给我加了一床又一床的被子，最终同意给我换个房间。

等候在那里的俄罗斯记者向我们提出了问题：听说你们要去参观末代沙皇尼古拉二世最后遇害的地方，这是你们事先计划好的，还是临时的安排？

我试着在自己心里回答这个问题。秋明、彼尔姆、叶卡捷琳堡，这几个生疏的地名，完全是因为尼古拉二世的遭遇才变得生动起来。在秋明我们曾搭乘了一段公共汽车，车里有一股难闻的气味，所有的乘客都脸色木然。从秋明出发三百多公里到达叶卡捷琳堡，再走三百多公里到达彼尔姆，这个古老的小城市曾是东方茶叶的集散地。

1913 年是罗曼诺夫王朝三百周年的盛典，四年之后的 1917 年，尼古拉二世宣布让位。他先是被克伦斯基的临时政府软禁在彼得堡的皇村，前往英国的计划受阻之后，他被送往西伯利亚的托博尔斯克。选择那个地方是因为那是穷乡僻壤，“没有工人无产阶级”。1917 年 8 月 1 日，末代沙皇开始自己的流放之旅。从彼得堡开始，经过的每一个车站都要拉上窗帘以避免引起人们的注意。在彼尔姆，一个大胡子的“铁路工人主席”登上了列车，他要知道车上是什么人，要到哪里去。当时的乌拉尔地区被称作“红色的乌拉尔”，彼尔姆更是红色的中心。很快就有传言说，沙皇被政府秘密转移，目的地是中国的哈尔滨，苏维埃要拦截火车。尼古拉二世一家人和他的随从在秋明下火车，登船从图拉河前往托博尔斯克。他们在一所省督的旧宅里度过了生命中最后一段宁静的时光。1918 年 4 月，红军与白军战斗激烈，经常有报告说，白军以营救沙皇为战斗目标。一位布尔什维克代表来到托博尔斯克，将沙皇一家带回秋明，又从那里转到叶卡捷琳堡，沙皇一家被监禁在伊帕季耶夫的居所。7 月初，看守人员换班，接替者是“契卡”的行刑队，7 月 16 日，沙皇全家被处决，两天后，苏维埃发布公告说，尼古拉二世被处决，他的妻子和三个孩子已经被转移到安全的地方。这个谎言表明：他们极其重视末代沙皇的象征意义，但又不敢承认杀害了妇女与儿童，他们要避免道德上的指责。

沙皇被处死之后的许多年，不断有人来到伊帕季耶夫的居所凭吊。1977 年，叶卡捷琳堡的市委领导叶利钦听从克里姆林宫的指示，用几台推土机将那座宅院夷为平地。1991 年，沙皇的遗骨进行了 DNA 检测，1997 年，沙皇被移往彼得堡重新安葬，这几年间，叶利钦已成为俄罗斯的领袖，他出生在叶卡捷琳堡郊外一百五十公里的一个村落里。

叶卡捷琳堡最著名的标识是亚历山大三世在 1830 年代竖立起来的欧亚大陆分界纪念碑，这位沙皇强调数学、地理、制造业的教育，但他蔑视人文。在俄罗斯历史上，最出名的国王应该是彼得大帝和女沙皇叶卡捷琳娜。彼得大帝受后人景仰，他最早树立了俄罗斯作为一个国家的骄傲，同时也造就了“国在民上”，一个抽象的国家的概念和荣耀，似乎比一个人的自由与幸福更重要，这种观念的荒唐之处，就在于许多人认为它天经地义。

与以往的沙皇相比，尼古拉二世的确显得过于软弱无能，在革命者的描述中，他是一个理应被打倒的昏庸的皇帝。他喜欢体力劳动、喜欢体育锻炼、喜欢家庭生活。1904年，他在立宪改革的会谈中说："我不是出于我个人的愿望坚持专制制度，我坚持这样做只是因为我确信俄国需要专制制度。"他认为专制是俄罗斯的遗产，俄罗斯是一个没有受过教育的民族，做一个好沙皇——公正、仁慈、令人振奋、受神灵的启示，是他的政治理想。在他的幻觉中，俄罗斯辽阔土地上的人民，手拿着面包和盐匍匐在他巡查的道路上，眼中满是感激上苍的泪水。他被软禁之后，可能到死都没有想明白，那些看守他的士兵怎么变得越来越粗俗无礼，那些平民是被什么样的力量煽动起来变得残忍。

在尼古拉二世的DNA检测之后，他的历史成为新闻刊物中较为热闹的话题，有人说，这个小小的屠杀是20世纪大屠杀的一个序幕。美国学者马克·斯坦伯格说："罗曼诺夫王朝的覆灭是道德冲突的必然结果。对一种早已失去生命力和合理性的思想体系的盲目信仰已被人们踩在脚下，而苏维埃宣称他们所追求的是一种新的信仰，即通过阶级斗争而实现普遍自由和公正的共产主义。"

在叶卡捷琳堡的宾馆里，窗户关不严，漏进来寒风，我盖着两条毯子，翻看斯坦伯格编著的《罗曼诺夫王朝覆灭》，这本书汇集了尼古拉二世的日记、书信，苏维埃当年的文告，当事人的工作汇报等档案材料。凄风苦雨之中，我荒谬地想，尼古拉二世是1917年退位，我们比俄罗斯早几年推翻皇上，为什么要说"十月革命一声炮响传到了中国"，怎么就不能说“辛亥革命一声枪响传到俄罗斯”？1812年的大炮和1825年“十二月党人”的枪声怎么就传不开呢？

我带着一本老牌中国文艺青年的著作在旅途中阅读，那就是《赤都心史》，二十岁出头的瞿秋白被北京《晨报》派到莫斯科当记者，所写文章透着那么一股“给个棒槌就当真”的孩子气。我还带着纪德的《访苏归来》，带着《苏联的最后一年》，躺在吉普车后座上，一遍遍听着拉赫玛尼诺夫的《第二钢琴协奏曲》，书本上的沧桑故事与眼前的风景重叠。

从叶卡捷琳堡出城四十七公里，就来到乌拉尔山脉上的欧亚大陆分界纪念碑，在这里我们获得了一份由“叶卡捷琳堡旅游局”颁发的“横跨欧亚大陆证书”。证书上注明此处为北纬56°50′、东经60°30′。9月7日，从彼尔姆至喀山，行程六百九十公里。9月8日，从喀山至莫斯科，行程八百二十公里。车出喀山，过伏尔加河上的一座大桥，太阳从层叠的乌云中探出一束光，正照在这条世界上最长的内陆河上，每个人都看见了那美妙的一景，但大桥上没法停车，谁也没能将那一景拍摄下来。

## 从莫斯科到巴黎

“十二月党人”被处死和流放的消息传开之时，十四岁的赫尔岑和好友在莫斯科郊外的麻雀山上发誓，要奉献此生，为人类自由平等而奋斗。麻雀山后来改名叫“列宁山”，莫斯科大学就在山上，山上的平台有许多小贩在出售俄罗斯套娃。我们进入莫斯科的时候正是傍晚时分，车队里有人唱起那首《莫斯科郊外的晚上》，这旋律我非常熟悉，但歌词一句也不知道。至于《三套车》《喀秋莎》等更是陌生。车队里五十岁上下的人大概都会唱几首苏联歌曲。

我去了红场和胜利广场，前者比我想象的要小许多，后者则有了国家神圣的气势。红场的一个角落，有四个“特型演员”在招徕游客与他们合影，这四个人是马克思、列宁、尼古拉二世和普京，两百卢布可以与他们四个人合影，游客离开后，四人立刻每人分走五十卢布。我曾经打算，车队到达莫斯科我就回北京。但真到了莫斯科，我能强烈感受到巴黎或者说欧洲的吸引力，穿越西伯利亚的艰苦似乎需要在巴黎歇上几天才能弥补过来。

9 月 11 日，莫斯科到明斯克，行程五百二十公里。我们在斯摩棱斯克的白俄罗斯与俄罗斯边境办理出关手续，从下午三点耗到凌晨一点。进入白俄罗斯境内要走二百四十公里才到明斯克，睡下的时候是凌晨四点，九点半的时候我们又出发了，很快就到了布列斯特要塞。布列斯特、明斯克、斯摩棱斯克都是苏联的“英雄城市”，只有拼死抵抗过德国侵略的城市才能得到这个称号。在布列斯特，海关手续让我们又等待了七个小时，我换上了一件在“列宁山”上买的 T 恤，上面是列宁头像，他双臂交叉，竖起两个中指，“操他妈的革命”。进入华沙，到柏林，五百九十公里；到亚琛，七百一十公里。9 月 15 日，从亚琛到达巴黎，中途特意到滑铁卢一转，行程四百公里。当天晚上和朋友会面，去了共和国广场的酒吧。

车队抵达巴黎之后有了自由活动的时间。第二天，我们开着两辆车从驻地出来，由巴黎市政厅，经卢浮宫、歌剧院大道、老佛爷百货、红磨坊，开上了蒙马特高地，在卢浮宫拐弯时，一辆小雪铁龙别住我们，女司机掏出张纸片，上面写着她的名字和电话，她飞快地用中文说："你们从中国来？我去过中国，我叫白茉莉，我也打算开车去中国。"在圣心教堂的台阶上，看到沐浴阳光的巴黎，一路上始终没能克服的那种文化上的陌生感终于消失。

我很难解释，为什么我对俄罗斯缺乏亲近感。陀思妥耶夫斯基的小说琐碎而沉重，索尔仁尼琴让我感到乏味，我试着阅读《古拉格群岛》，看到他毫无节制的感情泛滥，是，他经历的一切足以让他有权利这样控诉，但是我们也有权利不理睬。屠格涅夫的《烟》里，波图金这样说：我忠于欧洲，说得精确一点，我忠于文明，这个字眼纯洁而神圣，其他字眼如"人民"或者"光荣"，都有血腥味儿。陀思妥耶夫斯基借助《少年》中的一个人物表达他的思想："如同俄罗斯一样，欧洲也是我们的祖国，啊，更大的祖国！我对俄罗斯的热爱不能比对欧洲的热爱更多。比起俄罗斯，我觉得维也纳、罗马、巴黎、欧洲的科学与艺术珍宝，欧洲的全部历史更可爱。"

莫斯科之后的路程，三天之内越过三个边境：俄罗斯与白俄罗斯，白俄罗斯与波兰，波兰与德国。路途和心情都越来越轻松，我可以用上面屠格涅夫和陀思妥耶夫斯基的那两句话来解释我身在莫斯科对巴黎的向往，这样的解释属于陈词滥调，但一路跋涉过来，能让我感受到两百多年来一道心灵上的痕迹，哪怕这道痕迹已经如同沙石路面上的两道车辙一样明显，你还要按着车辙走一遭。

带领我们参观列宁墓的俄罗斯导游，1960 年代在莫斯科大学的东方系学汉语，她向我们表示她对戈尔巴乔夫的不满以及对列宁的尊敬，她说："不管怎样，列宁的理想是伟大的，那样的道德是值得人们纪念的。"看着水晶棺材里列宁被灯光映照发黄的脸庞，我想计算出这一路上看见了多少座列宁雕像，经过了多少个以他名字命名的大街，想起他那句话，十个懒汉就应该就地枪毙一个。

塔可夫斯基在《雕刻时光》里说过：历史的进程在某些空想家和政客内心的构想中，一直都少不了要将"正当的""正确的"——而且总是一次比一次好的——路线提供给人民，以拯救世界，并改造生活在其中的人类的地位。

回到北京之后，我找出电影《日瓦戈医生》，把它当风光片看。日瓦戈医生原本该过的生活被一场革命掠去。那些穷苦人堂而皇之地住进他的家，以为自己得到了新的生活，但随后他们的生活也失去了。

# 国境以东，国境以西

记忆力真是件不靠谱的事儿。回忆2004年那次穿越欧亚的汽车旅行，我完全忘记我们是从哪一个波兰边境城市进入德国的。我们从斯摩棱斯克进入白俄罗斯境内，在海关那里大概等待了七个小时，广州的老李，车上有一个便携式VCD，我凑过去一看，放映的是《战争与和平》，事后证明他选择这么长的一个电影看实在英明。我们从下午等到深夜，在街边小店找热水煮方便面吃，准备在车上过夜。最后被放行，赶到明斯克的旅馆已经是凌晨四点。九点钟我们继续上路，很快就到达了布列斯特，在这个城市我们又耽搁了好几个小时，得以缅怀两次世界大战中布列斯特的故事。十月革命之后的布列斯特谈判，德国人提出了割地赔款的要求，第二次世界大战中，德国第45步兵师从这里展开巴巴罗萨行动。由此，我们从白俄罗斯进入波兰。

我们在波兰走的都是狭窄的乡间公路，人困马乏，看着前车的尾灯，竟然模模糊糊的成了一片红色，赶到华沙的时候已是凌晨两点，第二天依然没时间游览华沙，车队经过圣十字大教堂时，我们行注目礼，装有肖邦的心脏的那个盒子就安置在这座教堂里面。华沙境内我们只走了一段高速公路，狂飙了一阵之后发现这条新修的高速路上没有加油站，于是以九十公里的匀速开到了波兹南。接下来我的记忆就断片了，总之，我们在波兰和德国边境没有耽搁太多的时间，就开上了德国的高速公路，每辆车都撒开欢跑到一百六十迈以上，赞叹着德国公路的高质量。我根本不记得我们是否跨过了奥德河。

之所以回忆起这一段，是因为波兰等九个国家在2007年12月21日加入《申根协定》，我看到一张新闻照片，两个波兰学生，拿着大剪子，剪开波兰德国边境上的铁丝网。12月23日，又有一条新闻，在波兰边境城市，警察从华沙开往柏林的火车上清理出来五十九名车臣人，他们打算偷渡到德国去，这些人被扣留在波兰境内的收容所。这条简短消息最后说，在波兰加入《申根协定》之后，波兰边境警察在乡间的检查更多了。

德国电影《遥远的光》（*Lichter*），一开始就是一辆卡车驶进森林，几个乌克兰人下车，蛇头对他们说，等到夜里，看着灯光走，到第一个房间就敲门进去，有人接你们。那些乌克兰人以为灯光处就是柏林，没料想他们被扔在波兰边境。两个乌克兰人在森林中闲逛，看见公路上两个背包客在搭顺风车，"你看，他们去柏林是那么容易"。这个电影的结尾，一个波兰出租车司机帮助一对乌克兰夫妻游过奥德河。

在2007年12月21日的典礼上，奥地利总理古森鲍尔和斯洛伐克总理菲乔一起锯断了象征两国分界线的木头路障。古森鲍尔说："申根不意味着犯罪和忧虑。申根代表着自由、安全和稳定。"然而，边境问题从来不会这么简单地被消除。

英国学者家艾伦·帕尔默的著作《夹缝中的六国》讲述了波兰、捷克斯洛伐克等国的近代史，按照他的描述，三百年前，波兰的东部边境位于斯摩棱斯克以东，离莫斯科九十英里，那时它是欧洲领土最大的国家（除了俄国大量未开垦的土地之外），今日波兰东部领土最突出的部分，在其 17 世纪时的边境以西五百英里处，而它与德国的边境却推进到奥德河，向欧洲腹地平均推进一百五十英里。帕尔默说，一个民族的家园如此移动，是近代世界史上独一无二的。卑尔根大学历史教授尤恩·森姆·富勒有一篇论文分析波德边境问题，他说，边境有三种，第一种为一体化，边境开放对双方的发展都能带来好处。第二种是不对称，边境大体上是开放的，但只有一方获得利益，被看作贫富的分界线。第三种叫不完整，基本上是阻绝所有交通，波德边境在很长一段时间内属于第三种。1989 年之后，波兰直接面对统一后的德国，这条边境纠缠于历史遗产，意识形态，不同的政策制定，居住在波兰的德裔民族的地位，各类人的政治主张，这条边境包含着不信任、相互憎恨，它能成为两个国家之间的桥梁，或者欧洲一体化进程的象征吗？成为欧盟一员的国家的公民可以获得更多的权利，可以在欧洲自由迁徙。富勒教授在这篇论文开头说——我有一个女儿住在法德边界上，她在两边都有很好的朋友，希望有一天，德波边境也能如此。

报道九国加入申根的新闻中有这样一句：现在，你可以从葡萄牙的里斯本直接开车到爱沙尼亚的塔林。我们那次旅行的终点站是巴黎，但广州的老李同志在巴黎租了一辆车，继续开向西班牙和意大利。

# 未遂的历史讨论

耶路撒冷市内的一家购物中心，以色列外交部的戴娜女士带我们来逛商场。她抱着她两岁半的女儿，和我们约定一个小时之后在出口处见。什么样的旅行都会安排一个购物环节，哪怕我们刚参观了以色列博物馆，刚看了三大宗教的圣地，转眼又在这里看见世俗生活的热闹。购物中心的书店里全是希伯来语著作，我买了一本英语书，买了一张《弥赛亚》CD，就回到集合地点。出口处有一排沙发，戴娜逗着她那小女儿玩。她告诉我，晚上还要带我们去参加一个歌舞聚会，不过那时候孩子的爸爸就下班了，可以先把孩子放回家。我问那歌舞聚会是什么样子，她解释了一下我也不得要领，感觉就是露天卡拉OK，戴娜要向我们展示以色列人民是如何快乐生活着。

我坐下来翻新买的书，戴娜问："你买的什么书？"我回答："《柏林墙》，一本历史书。"这样说着忽然有些不安，不知道在犹太人的地方买一本关于德国的书，会引起什么反应。果然，戴娜继续问："为什么买这本书？你对德国很感兴趣？"我只好严肃作答："我第一次出国旅行，就是去德国，我去了柏林，专门去看柏林墙。1989年发生了好多事情，我总觉得柏林墙的倒塌和我有那么一点儿关系，我在勃兰登堡门附近买了一张柏林墙的海报，现在这海报还在我的办公室里，但我对柏林墙的历史并不是特别了解，所以我买了这本书。”我说的英语结结巴巴，戴娜一直在旁边“嗯哼嗯哼”，表明她听明白了，鼓励我说下去。我问她：“你去过德国吗？”

“不，我从来没有去过德国，而且我永远不会去德国。你知道我是犹太人，我的家庭来自波兰，我从小就听家里人说德国，说第二次世界大战，我不能想象我会去那个国家。我的爷爷和伯父都曾被关押在奥斯维辛集中营，他们后来都来了以色列，他们曾经回德国去旅行，我不明白他们为什么要去德国。他们告诉我，他们要去给德国人看一看，他们还活着。”

我问：“在以色列这几天，我已经听很多人说，他们来自波兰。那么等你女儿长大了，她还会觉得自己来自波兰吗？”

“我们现在都是以色列人，但她还是会记得我们家庭的历史，我们来自波兰。”戴娜的女儿好像听出来这话题有些沉重，嘟囔了两声，戴娜去哄孩子了。同伴们也回来了。这天晚上，我们的一致意见是，取消夜晚的卡拉 OK 参观，让戴娜回家陪孩子。

酒店的阳台上能看见耶路撒冷的灯光，那城市好像有一种特殊的宁静。我在阳台上抽了两支烟，躺到床上接着看《柏林墙》。作者是个英国人，叫泰勒。序言中讲的是他对柏林墙的记忆，1961 年夏天，他的父亲重病在家，泰勒十三岁，刚结束懵懂的童年时期，眼看父亲就要不行了，他常到病床边和父亲聊天，说说报纸上的新闻，看电视新闻，黑白电视上出现柏林的画面，愤怒的人群，士兵，铁丝网，“记忆就如同电视画面一样闪烁，对我而言，柏林墙不是世界局势，是一种结局和分离”。柏林墙开始修建的那一周，泰勒的父亲去世了。他继续上中学，开始学德语，夏令营的时候第一次去了柏林，看到了柏林墙，他开始研究德国的历史。这本四百多页的书，第一章从1539年的柏林说起，我不耐烦地翻到结尾，作者说到了2006年夏天的德国世界杯，人们在柏林的阳光下，忽然觉得从来没有过希特勒这个人，而柏林墙也只存在于一个疯子的臆想之中。看了这个富有个人色彩的开头和结尾，我把中间的历史省略，满意地睡去。

第二天我们去参观大屠杀纪念馆，担任解说的是一位七十多岁的女士，志愿者，来自波兰。在参观结束之后，我茫然地想在纪念品商店里买一本书，但许多书都太厚了，我实在怀疑自己能否看下去一本记述波兰某一地区犹太人逃亡的图文并茂的七百页的书。解说者和我的同伴聊天，她说她知道南京大屠杀，知道“你们中国人可不喜欢日本人”。我跟在他们身后，避免加入谈话，同时脑子还愚钝而顽强地想着我要说的话该怎么用英语表达。我想起一个英国历史学家说过，那个将一个人的当代经验与前代人经验承传的社会机制，如今已经完全毁灭不存。许许多多青年男女，他们的成长背景，似乎是一种永远的现在，与这个时代众人的共同过去缺乏任何有机的联系。所以，我想问问这个老太太，那个被毁灭的社会机制在以色列存在过吗？是什么样子呢？

也许老太太会反问我，这个机制在你们那里是什么样子呢？我该怎么回答？我说，每个人的经验都是独特的，不同知识不同见解的个人之间相互作用，才使理性得以生长。

等我把这些句子理顺了，把里面复杂的单词都想到用一个简单的单词代替，准备要加入这场历史讨论的时候，老太太正和我们告别："很荣幸能为你们解说，再见。"

# 耶路撒冷抵达之谜

坐飞机去以色列，被告知要提前三小时到机场，到了，以为要详细检查行李，非也。是一个安全人员和你聊，足足聊了三十分钟，为什么要去以色列？谁邀请你去的？为什么邀请你？你为这次旅行做了什么准备？到那里谁会接你们？谁付账？等我们从以色列回来的时候，到了机场，安检人员又开始问：你到了哪些地方？见了什么人？

博尔赫斯被这样问到的时候，会用他骄傲的诗句作答："我曾远渡重洋，踏上过许多地方，见过一个女人和两三个男人。"

1967 和 1969 年，博尔赫斯曾两度访问以色列，留下至少三首以以色列为题的诗。其中一首，描述了旅游者对这个国家困惑的想象："在不断变形的时间里，除了你古老的神书，你的仪式，你跟上帝的形影相吊，你还是什么，以色列？"也描述了这个国家的神话："你将忘记父辈的语言，学会天堂的语言，你将成为以色列人，成为战士。你将在不毛之地上建国，让它立于沙漠之上。你的兄弟，尽管素未谋面，将与你并肩工作。"

从没有一个目的地让我如此费工夫地为一次旅行准备，读书，从

《圣经》到《奥斯维辛之后》，后一本书是北京外国语大学王炎老师对《辛德勒的名单》《出埃及记》《慕尼黑》等几部电影的分析。看电影，《阿拉伯的劳伦斯》，这电影提到了耶路撒冷和西奈半岛，可以看看英国人统治巴勒斯坦的开端。学几个英语单词，ZIONISM，犹太复国主义，很显然，这个单词从锡安 ZION 演变而来的。HOLOCAUST，大屠杀，源于希腊文，拉丁文《旧约》中用这个词表示燔祭、灾难和毁灭等意思，后来英国人用这个词来指纳粹德国对犹太人的屠杀。还有，去见一位美国犹太人。

"我的祖先是从基辅去的美国，大概是 1920 年代。"他说。

"那应该和果尔达·梅厄差不多同时到的美国？"

"是的，她是个犹太复国主义者，但我的祖先反对犹太复国主义。"

我们聊到了斯皮尔伯格，他生于一个很传统的犹太家庭，小时候就知道自己家和别人家不一样。聊到梅尔·吉普森的《耶稣受难记》，许多人说，那是一部丑化犹太人的 SM 电影。我们也谈到了新电影《末代独裁》，那里面出现了恩德培机场人质事件，以色列特种部队奔袭乌干达是众多现代神话故事之一。

还有一个传播甚广的故事当然是"艾希曼审判"。以色列特工能把艾希曼从阿根廷抓到以色列，然后法庭再把他送上绞架。这种狠叨叨的、带着正义感的 007 故事曾让我激动不已。以色列另一个吸引人的地方在"基布兹"集体农庄，去以色列之前在报纸上看到，以色列历史上的第一个"基布兹"已经开始了"私有化改革"，使馆送给我们一套纪录片，女记者在公共食堂里问一位年长的妇女："您在这里的生活怎么样？"妇女回答："我也想和你一样，能穿漂亮的花衣服，能到处看一看。"

特拉维夫大学教授门纳西·哈尔伊尔在一家"基布兹"度过了他的青年时代，然后他去耶路撒冷学习，后来成为一名"圣经学"教授，他说："我们必须感激以色列的建国先驱们，他们把岩石山变成了花园，把荒漠变成了耕田，以色列人与自然的搏斗从古就没有改变，这种抗争也丰富了我们的哲学。"教授著有一本《〈圣经〉中的人与自然》，"人与自然的关系是《圣经》中反复出现的主题，以色列人建国的一项重要工作就是发展农业，有了农业才能有人的定居。《旧约·利未记》中，耶和华对摩西说，'我的律例你们要遵行，我的典章你们要谨守，就可以在那地上安然居住。地必出土产，你们就要吃饱，在那地上安然居住'"。

教授走遍以色列国土，将土地、动物、植物和《旧约》文字、希伯来语的关联融入《〈圣经〉中的人与自然》一书，读起来实在陌生而深奥。但一种强烈的感觉迎面而来，那就是古老文字给今日的行为带来合理性或者某种神圣性。1967年6月5日，约旦军队对犹太人控制区开始炮击，两天之后，以色列控制了耶路撒冷，将旧街市并入自己的新区。犹太人终于可以来到哭墙面前，我不知道那时候是否有人诵读《撒迦利亚书》中的一段——"耶和华如此说：我现在回到锡安，要住在耶路撒冷中……将来必有年老的男女坐在耶路撒冷街上……城中街上必满有男孩女孩玩耍。"或者《以赛亚书》中的一段——"你们爱慕耶路撒冷的，都要与她一同欢喜快乐，你们为她悲哀的，都要与她一同乐上加乐……

耶和华如此说：‘我要使平安延及她，好像江河；使列国的荣耀延及她，如同涨溢的河。’”

耶路撒冷意为“和平之城”，但这里注定不安宁。

“外人看我们永远在战争与冲突之中，这是你们从外面看。从里面来看，我们和你们，和世界上其他地方的人没什么不同。我们关心的也是薪水好不好，怎么才能找到一个相爱的人。”在以色列国家博物馆的餐厅里，我们见到了以色列女作家茨鲁娅·沙莱夫，原来希伯来语也可以用来写爱情小说。“我的小说不是简单的罗曼蒂克，但看起来很像爱情小说。现在以色列的文学家更关注个人，而不是国家和民族的议题，我们已经厌倦了那些宏大的主题，人们想过正常生活的愿望比一个国家的神话更值得你去表达。”茨鲁娅·沙莱夫的小说《爱情生活》已经有了中文版本，她特地带了两本相送。

我们去访问了海法郊外的一个艺术家村落，能看到拜占庭遗迹的小村子里满是艺术家工作室和小型画廊；我们也拜访了三四个舞蹈团体，在此之前，我从来没听说过犹太人能歌善舞。特拉维夫的一家社区文化活动站里，我们采访了一位肚皮舞娘，她在那里授课，而另一间教室，弗拉明戈班正热闹地开场热身。在海法的一条小街上，我们看到穿着便服、背着半自动步枪的姑娘和小伙子，其实他们已经参军，但为了防止受到袭击，他们可以穿便服。看着那些瘦小的女生，我不由得有些怀疑她们能否上战场。每个以色列年轻人都要服三年兵役。

在参观萨姆·施皮格尔电影学校时，校方为我们放映了一个短片，讲的就是两个服兵役的女孩子的故事，校长介绍说，以色列并没有什么自己的电影，这主要是钱的问题，但我们的学生也开始拍短片，也开始出去参加电影节，我们也要通过电影让别人认识到以色列人是怎么生活的。这所学校只有一层楼，图书馆、办公室、器材间都很狭小，只一间教室，参观要结束的时候，我们才看到学校为出资人所立的一块牌子：萨姆·施皮格尔，制片人，曾制作电影《桂河大桥》和《阿拉伯的劳伦斯》。于是我们不由自主地惊叹了一番，萨姆出生在波兰，1927 年到美国时是个难民，但最终成为一个好莱坞大腕。也许有一天，在这间不起眼的学校里，也会有人拍出来一部像《阿拉伯的劳伦斯》那样伟大的电影。

旅行的最后两天远比前面的四天更让人激动，一天是大屠杀纪念馆和耶路撒冷老城，一天是死海和马萨达。大屠杀纪念馆的大门上就有铭文，《以西结书》第 37 章第 14 节：“我必将我的灵放在你们里面，你们就要活了。我将你们安置在本地……”以前在建筑杂志上看到过好多大屠杀纪念馆的照片，但真正走到那个三棱柱形结构之中，看到顶端玻璃天窗里洒下的阳光，走到纪念馆末端的那个满是死难者名册的纪念厅，看见那两个相连巨大的圆锥体，一个向天空伸去，一个深埋至地下，及至最后走上露台，看见有妇女在阳光耀眼的晴空下哭泣，心情一直是震惊的。那里的图片、文字说明、影像材料应该花上一整天的时间，给我留下深刻印象的是两个纪录片的片段，一个是柏林焚烧犹太人书籍的镜头，柏林市长咆哮着要烧掉弗洛伊德等人的著作，市民们将一本本一摞摞的书扔向火堆。另一个片段是一个老者在蓝色背景下平静地叙述，在讲述一个死去的同胞："他要逃难的时候带了一把小提琴，他说，德国人那么喜欢音乐，如果我给他们演奏一段，他们也许就不会杀我。"

这种肃穆的感觉一直延续到下午，看到哭墙，看到圣墓教堂。耶路撒冷老城里满是店铺，出售李小龙、史泰龙海报，阿拉伯甜品，中国产的小商品，宗教纪念品，假古董小首饰，但花上一点时间，就能找到"受难路"，这条路在 16 世纪被确定为耶稣基督走向受难地的路线，有小教堂、石柱、拱门为标识，你可以相信，这里是耶稣第一次倒下的地方，那里是他与圣女相遇被擦去脸上血污的地方，最后一站自然是圣墓教堂，信徒们排着队等待进入圣墓，跪倒在墓石前。教堂入口处是涂油礼之石，耶稣从十字架上被卸下后，遗体放置在这块蔷薇色的石灰岩上，圣母玛利亚在一旁哭泣。我们离开教堂的时候，正看见一个六岁左右的小姑娘抚摩着那块石头哭泣，她的母亲俯身与她喃喃耳语。

从耶路撒冷就能望到死海，车从老城出发，似乎一直是下坡路，死海是陆地海拔最低的地方。开出城半小时后，路边就是荒漠，难怪以色列的旅游书上有许多沙漠探险的路线推荐。这一路陪同我们的导游是一位来自印度的犹太人，风趣幽默。许多人相信，死海就是来自盐柱，《创世记》第 19 章里说："当时，耶和华将硫磺与火，从天上耶和华那里，降与所多玛和蛾摩拉，把那些城和全平原，并城里所有的居民，连地上生长的都毁灭了。罗得的妻子在后边回头一看，就变成了一根盐柱。"到死海里漂起来，是众多旅行者来此的目的，但也就是漂一下而已，那里的水简直是辣的，不适宜接触面部。出水之后几分钟身上就满是盐粒。

死海出的黑泥据说有保健功效，还有种说法是在死海里泡一泡可以延长三十年寿命。但这片古老的湖泊是否还有三十年寿命都难说，以色列的环境部门观测，死海的深度每年都减少一米，预计再过三十年就会因蒸发而干枯。这片湖泊周围满是沙漠，而犹地亚沙漠与死海谷底交界处的一座岩石山顶便是马萨达城遗迹。

从遗迹中可以看两千年前的蓄水池、粮仓、议事厅、浴室的痕迹，希律王修建这座城堡是当避难所使用的。公元 70 年，罗马军队占领了耶路撒冷，摧毁第二圣殿，对犹太人大肆杀戮，这也是犹太人流散世界的开始。犹太人固守于马萨达。据说罗马人围攻了整整三年，现在从山顶望去，可以看到罗马兵营的痕迹。城堡被攻破，城内男女老少九百六十七人，为避免落入敌手，全体自杀了。导游图上摘录有弗拉维斯·约瑟夫《犹太战记》中的一段演讲："让我们的妇女在被凌辱之前死去，让我们的孩子在成为奴隶之前死去，杀死他们之后，再将我们置于自由的光荣中，这是我们的葬礼。不过干这些事之前，我们先把钱毁了，把财宝都烧掉。"这段演讲冗长而琐碎，电影厅里放映的一部介绍马萨达历史与考古的短片倒干净利落，只有五分钟，片中提到，以色列军人会在这里宣誓：马萨达永不会再陷落。导游补充说，宣誓是很早的事情，那时候我们的国家刚刚建立，需要信念，士兵会到这里野营、训练，"马萨达永不会再陷落"是一句口号，现在我们不这样做了，因为我们已经有了新的信念。在一大堆出产于死海的化妆品之外，我还是买了一小件纪念品回来，那是一个指尖向下的手掌造型，在犹太传统中表示平安和吉祥，掌心中刻着那句口号，“马萨达永不会再陷落”。与其说这是一句誓言，不如说这只是一个平和的愿望。

从死海再回到耶路撒冷，天气突变，风雨之中，寂静的街道上走过一两个身着黑衣黑帽的犹太人，让我怀疑自己从没有进入这个城市。导游的安排很贴心，她将我们再次带到希伯来大学所在的高地上，从这里再一次观赏耶路撒冷的灯火，为这次旅行，我给这座城市准备了好几首诗，最喜欢的是伊扎克·雅思诺维茨的《耶路撒冷》:

人们不是走向耶路撒冷，
而是从那里回来，
沿着一条代代相传的路，
满怀希冀，渴望被救赎。
人们把记忆装进帆布背包，
在崇山峻岭中艰难地跋涉，
鹅卵石铺成的小径上，
人们虔诚地为往日的记忆感恩。
人们不是走向耶路撒冷，
而是从那里回来。

# 奥本海默的论文和梵高的画

很早以前就听过一个故事，说第二次世界大战的时候，美国空军轮番轰炸德国城市，唯独留下海德堡不炸，因为早年间，他们都看过一部好莱坞的电影，讲的是一对大学生在海德堡恋爱的故事，这个电影给美国年轻人留下深刻的印象，等他们参军打仗，轰炸德国，就对这座美丽的小城手下留情。我从来没考证过这故事的真假，但在去海德堡的火车上，我还是把这个烂故事讲给同伴听。

我们在海德堡只有几个小时的逗留时间，在内卡河边吃了顿中饭，在海德堡大学里走马观花地转了一圈，又坐火车回到卡塞尔。过了两天，我又坐火车去了哥廷根。之所以去哥廷根，是因为哥廷根大学，更确切地说，因为奥本海默。奥本海默成长于一个犹太家庭，这个家庭“总使人觉得有点感伤，带有一种忧郁的情调”，奥本海默的中学毕业成绩非常优秀，他先进哈佛大学的化学系，然后去剑桥卡文迪许实验室读物理，然后去哥廷根大学深造，最终在这里拿到博士学位。

在哥廷根下了火车，租了辆自行车，只五分钟就骑到了哥廷根大学，坐在学校的小广场上，我就开始冥想，他怎么能写出《分子的量子理论》呢？他这个论文到底是什么意思呢？后来爆炸的那两颗原子弹，最早就应该诞生在这所学校附近一个小房间里，诞生在奥本海默的稿纸上。这样想了半个小时，抽了两支烟，就到老城里转悠，在一家炸鸡店里吃中饭，结果碰到一位中国同胞，他到这里陪女儿念书，女儿是学教育的。我不免暗暗可惜，到这里怎么也应该学物理呀。

如果时间足够，我兴许还会去耶拿看看耶拿大学。既然我没能在海德堡的“哲学家”小道上冥想黑格尔都思考了什么，那不如到耶拿看看。两百年前，1806 年秋天，拿破仑的军队打到了耶拿附近，学校里能看见法国侦察兵，法国兵在咖啡馆里聊天，他们的新口号是“自由、平等、博爱”，战争进行之际，年轻教员黑格尔先生却完全沉浸在自己的工作中，他在写一本书，名叫《精神现象学》。一个美国作家在他的《简明哲学导论》里讲述了黑格尔的这段故事，他说，我们的生活被描述为“荒谬的”“无意义的”，我们不时会被那些所谓的“消遣”和“娱乐”活动分神，整个国家失去的是思考的快乐、理解的挑战、灵感以及哲学的慰藉。

大概就是害怕这样庸俗下去，我才努力，按照黑格尔所说的，要让自己的个人意识到达绝对知识，尽管我对这些名词的理解实在不得要领，但我一定要在哥廷根大学操场上冥想一会儿奥本海默。不仅如此，我即将开始一次瑞士之旅，我打算去伯尔尼克拉姆大街 49 号看看，爱因斯坦自己说过，狭义相对论诞生在伯尔尼克拉姆大街 49 号。我要到那里去想想什么叫狭义相对论。

哲学家、科学家都难以通过浮皮潦草的旅行来理解，但画家好一点。画家更直观。2004 年 9 月，我在一对朋友的带领下来到巴黎郊外的奥维尔，车子停在村口，刚走了两步，就看见“奥维尔的教堂”，我头一天刚在奥塞博物馆里看见这幅画的原作，又看到这座真正的物理意义上的教堂，还有教堂前竖立着的那幅《奥维尔的教堂》，刹那间，这几重形象在我脑子里叠加到一起，不知道哪个更真实。

梵高和他的弟弟就葬在村外的公墓里，墓碑之前是一丛绿色的植物。小村子周围有几十个“景点”，都是梵高写生的地方，与画作同一视角的地方都竖立着他在这里画的画，你可以把眼前所见与画家笔下的景色相对照。百余年来，几乎没什么变化。梵高自杀的那间小客栈的房子还保持着原貌。他活了三十七岁，那间房子是他一生中住过的第三十八间房子，在他死之后就再没人居住过。墙壁上有“梵高之友”的一个告示，上面说，如果大家捐款给“梵高之友”协会，那我们就可以在这里挂上一张梵高的真迹。

最先是一个美国人写的传记《渴望生活》让我先认识了这个贫穷潦倒、生活能力差、一事无成的画家，并想当然地把创造性的生活和世俗的幸福生活对立起来。但后来我会逐渐明白一个道理，这个道理还是爱因斯坦说得最为准确：“引导人们通向艺术和科学的最强烈动机之一是摆脱日常生活及其中令人痛苦的粗糙状态和无望的枯燥乏味，摆脱一个人自身总是在变化着的欲望的羁绊。就像画家、诗人或者哲学家一样，科学家努力要创造一个属于他自己的世界。他们中的每个人都使这个宇宙及它的结构成为他的感情生活的支点，这是为了以这种方法去寻找到他在狭窄的个人经历的旋涡中无法找到的宁静与安全。”

# 伯尔尼的克拉姆大街49号

赶到克拉姆大街 49 号，已经是下午四点半，爱因斯坦故居开放到五点。我上到三楼，一位女士走过来说，我们已经关门了，不过，你可以看看。这样我省了几块钱的门票。以前看过一篇游记，讲述克拉姆大街的爱因斯坦故居，负责接待的女士迎向一位游客寒暄，那位游客挥手制止她走近，他一进门就感受到了强烈的精神震撼，不希望被打扰。

这间公寓里诞生了狭义相对论，但怎么打量都觉得这里并不适合思考。房间逼仄，摆着一个摇篮，让人想起爱因斯坦和米列娃不那么幸福的婚姻，卫生间与厨房曾是两家共用。这套公寓一直出租，1979 年被一群爱因斯坦爱好者租下来，辟为故居纪念馆。

1999 年 12 月 31 日那期的《时代》周刊，封面是“世纪人物——爱因斯坦”，杂志中有霍金写的一篇文章，叫《相对论简史》，结尾说，没有哪一个科学家比爱因斯坦更适合被称作“世纪人物”。

2005 年，为纪念一百年前爱因斯坦发表那一系列论文的“物理奇迹年”，《美国新闻与世界报道》曾有一期封面故事，文章说，爱因斯坦不仅是个发现宇宙定律的科学家，更是一个满足人们多种诉求的偶像，他是一个科学的圣诞老人，我们越来越沉迷于这个形象，对理论物理知道得越来越少。

我看亚伯拉罕·派斯的《上帝难以捉摸》一书，作者将一般读者能理解的章节标上星号，说这部分是爱因斯坦与科学无关的传记故事，我看这本书只能挑着带星号的看，那感觉就像是看《金瓶梅》，只挑出被删节的色情段落看。对一个伟大的物理学家，只看他的生活故事，而不能参与其智力活动，就像看《金瓶梅》只留意鱼水之欢一样下作。

这样说，最为色情的爱因斯坦传记是丹尼斯·奥弗比写的，书名叫《恋爱中的爱因斯坦》。作者说，他写这本书最初的动机是在一次物理学讨论会上，听到人们议论爱因斯坦从米列娃那里盗取了相对论的想法，恰好爱因斯坦的大量私人信件也公布了。他说，此书的读者中也许有物理学家会对爱因斯坦罗曼史和家庭事务的详细描写感到不快，但普通读者会有兴趣了解他作为“凡人”的一面。我觉得这番言论充满了歧视性，英国一位科学家詹姆斯·洛夫洛克说过：“我希望人们意识到科学是一种属于精英的东西，只有少数极富天才的人才能创造出伟大的艺术和伟大的科学，西方宣扬的平等主义将会终结。”我同意洛夫洛克的话，但这不等于说，我辈平庸之人就只关心爱因斯坦糟糕的罗曼史。

丹尼斯·奥弗比是麻省理工学院物理系的毕业生，写的第一本书叫《环宇孤心》，与那本书相比，《恋爱中的爱因斯坦》实在是个低级的小说。“没有一种历史，尤其是叙事性的历史，能够逃脱下列指控：它在某种程度上就是一部小说，一种由作者的主观选择、兴趣及偏见与文件记录的资料一起组成的不精确的混合体。”作者说。

我对这本传记的怀疑有两点：第一，对一个科学家来说，那些私人信件有何价值？认真研究卡夫卡的日记和信件，当然有助于我们了解这个作家，但爱因斯坦那些调情的小诗和他的智力活动有什么关系？第二，把一个“圣人”还原成一个“凡人”，这样的工作有什么价值？君子有三畏：畏天命，畏大人，畏圣人之言。小人不知天命而不畏也，狎大人，侮圣人之言。一个男人不涉足性冒险，他一生中的麻烦就少了好多，爱因斯坦的性冒险其实没什么精彩的。

在克拉姆大街49号对面的露天咖啡馆里，我承认，《恋爱中的爱因斯坦》对这处故居的环境做出了最生动的描绘，我看到了书中所说的钟楼、天井、喷泉，走过阿勒河上的铁桥，面对的就是伯尔尼历史博物馆，门口挂着横幅，正在办一个爱因斯坦展览，小学生可以通过各种装置和玩具来了解简单的物理学知识。

当年，爱因斯坦和他的朋友索洛文、哈比希特、贝索组成了一个智力的小团队，他们沿着阿勒河、沿着伯尔尼蜿蜒的拱廊散步，讨论哲学、物理、电磁学、柏拉图、陀思妥耶夫斯基、莫扎特，对智力活动的热情可以抵挡小公务员生活的平淡。在苏黎世湖的旅游推广书里，有这样的文字：一百多年前，年轻的爱因斯坦就在湖边的平台上瞭望远山，思索人生和宇宙的真谛，阿尔卑斯山也没法阻挡他悠远的思想。那时候，他是在苏黎世理工大学念书，毕业后费了九牛二虎之力才找到工作，工作没几年就又觉得自己堕落成一个中产阶级，丧失了热情，被平庸的生活淹没。这样的故事都是凡人所能经历与想象的，即便我们不能讨论物理学，我们也有朋友聚会，聊聊足球和音乐，但对某些人来说，没有智力活动，生活就是日复一日的煎熬。

# 一个脱离了低级趣味的人

一只鸽子停在白求恩雕像的脑袋上，编导喊：“别拍了，这样的镜头用不了。”摄影师拿了块小石头要把鸽子轰走，广场上人来人往，小石头不好轻易出手，那只鸽子振翅飞走，摄影师连忙开动机器，拍摄白求恩雕像的画面，只不过几秒钟，另一只鸽子又飞上了雕像的脑袋，拍摄只能暂停。这是蒙特利尔正在修建中的“白求恩广场”，两位电视记者正在拍摄白大夫，汉白玉雕像是河北人民送给加拿大人民的礼物，如果头上有鸽子，那会破坏白大夫的英雄形象。见多识广的导游告诉我，她在英国见过一位国王的铜像，头上插满钉子，近了看就像剃着板寸，那钉子是防止鸽子落在上面乱拉屎，腐蚀铜像。许多蒙特利尔人并不知道这位白大夫是谁，但为了吸引中国游客，蒙特利尔正打算开辟一条白求恩路线。

我去参观过格雷文赫斯特镇的白求恩故居。格雷文赫斯特原本是个木材业小城，镇中居然有一座小歌剧院。歌剧院前也有一尊白求恩塑像，比真人体量小，有几分滑稽的味道。格雷文赫斯特镇位于安大略的穆斯科夫湖区，周围景色秀美。那是白求恩出生的地方，他三岁就随着他的牧师父亲迁到他处。镇上的那栋房子属于教会，加拿大联邦政府 1973 年购买了那座房子开辟为纪念馆。留言本上密密麻麻写的大都是中文。我上大学时候在图书馆翻阅过他的传记，印象最深的是宋庆龄写的序言。后来又找到这本书，三联书店 1979 年的老版本《手术刀就是武器》，插图第一幅就是格雷文赫斯特镇上的白求恩故居，最后一幅则是石家庄市华北军区烈士陵园里的白求恩塑像，和蒙特利尔的那一尊一模一样。

在去格雷文赫斯特之前，我对白求恩的印象就是那部老黑白电影，还有毛主席的名篇。去过之后，印象最深的是白大夫当年受伤的是中指，于是总开玩笑说：在加拿大竖起中指，是为了纪念白求恩，是向人类解放事业致敬。格雷文赫斯特的纪念馆里可以看到白求恩的绘画作品，还有“白求恩肋剪”，这一沿用至今的外科手术工具是白求恩当年从鞋匠那里得到的灵感，用剪皮子的大剪子改造而成，专门用来剪肋骨，白大夫说过：“一个外科医生，如果看不见大自然送到他面前来的启示和答案，就应该去挖沟，而不该屠杀人的身体。”

蒙特利尔的导游说，白求恩从皇家维多利亚医院转到条件相对较差的圣心医院是为了更好地救助穷人，也有资料说，当年白求恩在皇家维多利亚医院面对复杂的人事关系才不得不离开。白大夫从不满足于做一个开业医生，他越赚钱越面临良心的压力，他也不满足于做一个知名的胸外科医生，他不止一次地把他的诊所改成免费医疗站，给穷苦人做手术，他认识到：“作为医生，我们不能改变使人易受感染和再感染的外部环境。贫穷、低劣的食物、不卫生的环境、和传染源的接触、过度的疲劳以及精神紧张，都是我们不能控制的。如何在这些方面进行根本而又彻底的调整，那是经济学家和社会学家的问题。”

白大夫不喜欢富人有富人的医疗，穷人只能得到穷人的医疗，他想改变整个医疗体制，他想改变医疗教育和大众教育，最终他想改变那个让人们不健康的经济制度与社会制度，于是他加入共产党，他到西班牙前线，他到中国来参加抗日战争。他在中国留下了以他名字命名的医院和医科大学，遗憾的是，肺结核这一贫困者的疾病在我们这里依旧是顽症。

蒙特利尔的白求恩雕像底座上写着白大夫的生卒年月，“1890 年格雷文赫斯特，1939 年黄石口”，导游说，许多人不知道黄石口在哪里。我希望白大夫的雕像下面能写上毛主席的评价，让每个瞻仰者反思，怎样才能做“一个高尚的人，一个纯粹的人，一个有道德的人，一个脱离了低级趣味的人，一个有益于人民的人”。那篇《纪念白求恩》开头就说，白求恩同志是加拿大共产党员，五十多岁了，不远万里，来到中国。实际上，白大夫逝世时不过四十九岁。

# 握在手里的破碎玻璃

2007年十一假期去了趟加拿大，在那里看见了满山遍野的枫叶和满山遍野的日本人。导游告诉我，日本人之所以喜欢旅游，是因为日本生活成本太高，在家里待着比出门转悠还费钱。这说法未必确切，但我一想到日本人会被高昂的生活成本逼得满世界转悠，就觉得很好笑。

出门旅游总有一种错觉，以为我成为世界的一部分了，不用为家里的油盐酱醋发愁。每天早上醒来，走出饭店房间，门口已经挂上了当天的报纸，拿着报纸到楼下吃早餐，餐厅里满是洋人，招待很热情地问："Coffee or tea?"坐下之后吃面包、熏肉、炒蛋，然后就着一杯黑咖啡，翻阅当天的报纸。在多伦多的德尔达酒店，我看到头版上昂山素季的照片，背景是模糊的红色旗帜和黄色五角星，"没有人知道她对目前发生在缅甸的事情怎么看，甚至没有人知道她具体在哪里，但她无疑是现在缅甸抗议活动道德上的领袖"。文章接下来是联合国官员对缅甸局势的看法，然后就开始讲述昂山素季的故事。她的传记作者贾斯廷·温特尔也接受了记者的采访。

我大略翻阅过贾斯廷·温特尔的那本《完美人质》。如果昂山将军没有被暗杀，如果他掌握权力，他会不会是一个温和的统治者？如果那样，昂山素季会不会是一个平淡的“高干子女”，依旧会去英国念大学，嫁给一个英国人，优哉游哉地过完一生呢？昂山将军自己否定过这样的假设，他说过：政治决定我们每个人的日常生活，你注定是一个政治动物，政治会涉及你怎么吃饭怎么睡觉怎么活着，你可以不考虑政治，但政治考虑你。那一天的《环球电讯》国际新闻中还有一篇特写，说的是乌克兰两个下岗工人姐妹在选举前的心理活动，两个人生活背景相似，却支持不同的阵营。

在渥太华，我们住在一家公寓式酒店，那天早上的报纸，头版是一张大照片，一个士兵持枪坐在缅甸的寺庙前。不过当天报纸里最好看的还是一篇特写，讲一个聪明的波兰小伙子，在波兰开设了一条旅游线路，到波兰某城市体验“斯大林时代的生活”，该城市保持着苏联建筑平等与庄严的气氛，曾是“工人阶级的天堂”，用“拉达”车运载游客的经营者说：“我要让人们逃避一般性的旅游路线，向人们展示真实的世界是怎么回事。”

我们的旅游线路早就固定好了，从渥太华出发坐火车前往蒙特利尔，当天下午去游览市容，逛到唐人街，看到一招牌，叫“满地可华人总会”，当时我就疑惑，这是个什么组织，然后才明白“满地可”不过是蒙特利尔的另一种翻译，这个译名太好了，透露出一种四海为家随遇而安的洒脱，世界那么大，到哪儿都可以。

在蒙特利尔，我们住在希尔顿酒店，早上起来能看见西装革履的商人在准备商业会议，当天早上的报纸，头版是记者发自曼谷的报道，讲述三个和尚从缅甸逃到了泰国。“开始是催泪瓦斯，然后就是子弹，我不知道往哪里跑，我要逃命。”一个四十八岁的和尚说。这是一个成功逃亡的故事，后面的报道是缅甸政府打算与昂山素季展开对话，观察家普遍认为，这只是一种姿态。后面的社论版上有一篇言论，自由终将降临，人民必将胜利，这篇言论给这几天关于缅甸骚乱的系列报道画上了一个空洞乏味的句号。昂山素季说过，多忍受一天，就多失败一天。当然，时间能治愈一切，那天国际版中还有一篇特写，讲述切尔诺贝利核电站附近的环境终于得到了改善，一张大照片，一个壮汉坐小船于湖中垂钓，手里拿着一条鱼，脸上洋溢着幸福的微笑，那条鱼，得一斤多重。

在加拿大的行程安排中，并不是每天都住在酒店都能有报纸看，其间有几天我们住在乡村小旅舍，早上起来打开窗就看见大片的湖水，走出去几步就到了湖边，许多海鸥在清晨灰蒙蒙的天空中盘旋，湖水荡漾着来到脚边。

Emerald cool we may be,

As water in cupped hands,

But oh that we might be,

As splinters of glass, in cupped hands.

如同握在手中的水，

我们绿宝石一般清凉，

但我们也不盈一握，

像破碎的玻璃。

这几句话曾经出现在昂山素季的演讲中，我不知道这是她自己作的诗，还是一首被传唱许久的歌谣。

# 世界上最好的吸烟室在哪里？

我在一次文人聚会上遇到一位教授，他走过来向我们几个烟民说：我知道我的出现会让你们扫兴，我是著名的禁烟活动家，多次上书中央领导人宣传禁烟。你们文人，写文章不抽烟怕没有灵感，其实，不吸烟也能写出好文章。后来，我看到这位教授写的文章，还有诗，我知道抽烟无法再赋予他任何灵感。

多年前，我就听人说，吸烟是野蛮人的行为，欧洲是文明的地方，吸烟者很受歧视。后来，我去了戴高乐机场，吸烟区是开放式的，像一个下沉庭院，进去之后发现天花板更高了，足有二十米，烟雾缭绕着上升，可不像首都机场里的吸烟室那么憋屈。在法国坐火车，对面一男子看一本大厚书，那是《希腊城邦史》，那男子燃起一支烟，让我对法国的文明程度有了更高的认识。

加拿大温哥华机场，很像是上海，来来往往都是华人。我在吸烟室里听两个小伙子正盘算怎么倒腾二手车，忽然进来一个美女，华人，穿黑外套，里面是白色背心，胸部很好看，她从烟盒里拿出一支烟，全吸烟室里的男人都把自己的打火机递过去，但她安静地用自己的打火机点燃了香烟，安静地吸烟，离开。加拿大有屋顶处都不能抽烟。陪同我们的导游是一位户外运动专家，热爱大自然。我在加拿大的崇山峻岭里抽烟，要弹一下烟灰，他会把手伸过来，让我弹在他手上，我甚至可以在他手上掐灭一个烟头。

1922 年的某一天，郭沫若还是一个穷苦的留日学生，他在福冈转悠，从兜里摸出八个铜板儿买了一盒烟，待在街角吸烟，感叹“中日两国互相轻蔑的心理，好像成了慢性的疾患，真是无法医治呢”。我穿越时空相问：“郭老何来此叹呢？”郭老把半截烟屁股扔到地上，说：“日本人爱干净，并且把这当作西洋既无、东洋亦无的国民特质，其实日本的城镇也不是那么干净，街道一下雨就成了烂泥塘。”

多年之后我站在帝国饭店门口抽烟，发现地上很干净，周围更没有垃圾桶烟灰缸，门童和我打招呼，将我引领到饭店里面的一个吸烟区。后来得到消息说，东京的大街上不能抽烟了。出租车里也不能抽烟了，一个东京出租车司机说：“好多人打车，就是为了能在车里抽一支烟，现在这个禁烟法让我们的生意不好做了。”

全世界都在禁烟，伦敦、香港、纽约。前两年，瑞士取消了吸烟车厢，这一措施经过了瑞士的全民公决，只以微弱优势获得通过。在苏黎世，我和《中瑞经济通讯》的一位叫苏珊的编辑吃饭，很快我发现，她是个大烟鬼，于是我问她，欧洲越来越多的地方都开始禁烟，瑞士会不会也限制抽烟，她很愤怒地说：“别扯淡了，我可不想生活在那样的国家。我们生活在最民主的瑞士，代议制都没戏，想弄两个议员弄两个提案就禁烟可不行，只要征集到十万人签名，任何一个瑞士人就可以提出修改宪法，公民在任何一个法案宣布之后三个月之内，征集到五万个签名就可要求对该法案进行公民投票，这叫‘选择性复决’。”

瑞士风景秀丽，一位瑞士作家这样描述典型的瑞士人，“抽味道难闻的土烟”“除了仰慕高山，他天生厌恶一切超过中等水平的东西”“每到天气晴好的周末，他会从冰箱里取出食物，带上他的收音机，乘火车、汽车，或骑马，有时候是步行，融入大自然。他需要让他的肺腔吸满清新的氧气，欢度良辰美景，感受爱国主义迸发出来的激情。周日晚上，他带着从祖国神圣大地上汲取的热忱回到舒适的家中。他感到自己强壮、自豪、诚实、纯洁。他再次体会到作为瑞士人的荣耀”。

我在铁力士山和皮拉图斯山上体会到了这种感受，一边欣赏美景，一边抽上一支烟。

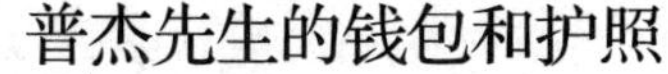

# 普杰先生的钱包和护照

《音乐之声》大概是我看过次数最多的电影，冯·特拉普上校一家居住的环境实在太美了，可他还是要离开，片尾那段，上校一家人翻过阿尔卑斯山，离开了奥地利。他们去哪儿了？他们去了瑞士。我也看过电影《永别了，武器》，逃兵亨利和护士凯瑟琳划着小船逃向瑞士。

在蒙特勒湖边的一家旅馆里，我见到了艺术家普杰，听这名字，总以为是大清皇族的后代，实际上人家名叫罗格·普丰德，不知道哪位不负责任的兄弟给这位号称热爱中国的老艺术家起了这么个不靠谱的中文名字，但老头儿自己挺乐意，这位先生的招牌装扮是白色的大围巾，他给我们带来自己的画册，但我们的兴趣在他两个更有影响的作品，他参与设计了世界上最稳定的货币之一——瑞士法郎，还参与设计了世界上最好用的护照之一——瑞士护照。

没欧元那阵儿，法国法郎就是法国文学的普及课，可以从钞票上认识莫里哀、伏尔泰、拉辛、高乃依。钞票发行新版本，那就换一拨儿艺术家，二十块的是作曲家德彪西，五十块的是画家德拉图尔，一百块的是画家德拉克洛瓦，两百块的是孟德斯鸠。有了欧元，就不好意思弄艺术家了，你说欧盟里面开会，十欧元是印德国的瓦格纳呢，还是印意大利的威尔第？这会开上半个月，请十多个音乐专家来论证也说不清楚，艺术家太多了就是麻烦，所以欧元就不印艺术家了。

欧元实行之后，瑞士法郎还留着，还担负着普及瑞士文化的作用，说来惭愧，我拿着瑞士法郎，只认识十块钱一张的，那是建筑大师柯布西耶，一百块钱的是贾科梅蒂，要是放上他的雕塑，我能认得，只有他的照片，我就有点儿二乎。二十块的是阿图尔·奥涅格，是一名作曲家，五十块的叫阿尔普，是个先锋艺术家，这两个我完全不知道。普杰先生也没兴趣给我们普及这些艺术家，他讲了二十分钟钞票印制的防伪技术，然后又拿出他的护照，讲护照印制的技术，弄得我很是纳闷，眼前这是位艺术家呢，还是印刷厂的技术员呢？大家纷纷拿出兜里的瑞士法郎请艺术家在上面签字，普杰先生先是摇头："这么做不对，污损钞票是违法的。"最终他还是掏出笔在他设计的纸币上签字。我多鸡贼啊，把"贾科梅蒂"全藏起来，拿出一张"柯布西耶"递过去，他在上面画押。说来惭愧，这张十块的也给我花出去了。

普杰先生还给我们展示了自己的护照，真漂亮，页码上分别印着瑞士二十六州的徽章，我注意到这是一本崭新的护照。以前，米卢来中国执教的时候，他的护照打动了一位女记者，那上面有好多签证，一看就是走南闯北的国际人士，她遂发誓，一定要做一个世界主义者，护照上也弄满签证和戳子。我要是看了米卢的护照，就会考虑另一个问题，南斯拉夫解体而成的国家的护照看来还是不好使，到哪里都要弄个签证。

普杰先生奥运期间来到中国，那本新护照上终于有了一张签证页。与他的护照相比，我的护照也不能算很差，比孟加拉国和巴基斯坦护照还是厉害些。我在瑞士的时候，特意去了趟列支敦士登，那也算一国家啊，到那里找列支敦士登的官员给我的护照盖戳儿，以显得自己是个世界主义者。

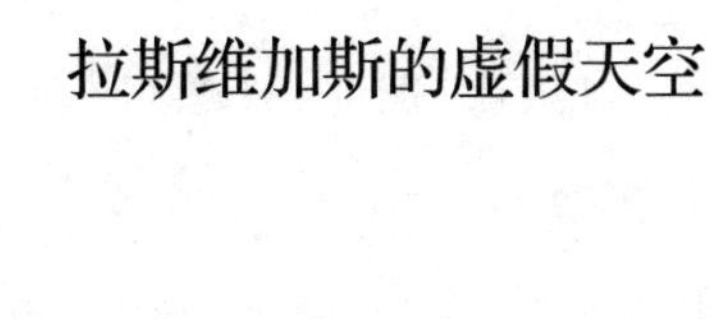

# 拉斯维加斯的虚假天空

如果有一城市，修建了一“西游记宫”，花果山盘丝洞火焰山都弄齐了，开发商不过瘾，再在旁边修一个“大观园”，再弄一“水泊梁山”，您说得挨多少骂？可要是还有人想赶热闹，在“西游记宫”旁边弄一个“敦煌大饭店”，弄一个“天池洗浴中心”，那得多恶俗呀？站在拉斯维加斯过街天桥上，我手搭凉棚一看，远处是阿拉丁饭店，门口是一片阿拉伯风情建筑，和北京那“中华民族园”外立面很像；纽约－纽约饭店，外表看不出啥名堂，里面是按照纽约街区风格布置的。左边是“埃菲尔铁塔”，到晚上灯火闪耀，不断有电梯上上下下，那是巴黎－巴黎饭店；右边是美丽湖饭店，号称里面搜罗了好多世界级的名画，睡醒了一看，床头挂着一幅毕加索。

这美丽湖饭店门口是拉斯维加斯著名的喷泉。电影《十一罗汉》中的盗窃团伙打劫的正是这家饭店的地下金库，影片结束，那帮窃贼在饭店门口看喷泉，然后一个个散去，那真是个感人的画面。电影里说过，拉斯维加斯的赌场戒备森严，有人在弗拉明戈酒店抢了一大笔钱，快跑到门口了被保安一棍子打翻在地，还有一家伙跑出了恺撒宫饭店，但还是被擒住，钱撒了一地。我住的正是弗拉明戈酒店，对面则是恺撒宫饭店。席琳·迪翁天天晚上在恺撒宫饭店有演出，据说是从洛杉矶坐直升机而来，其实拉斯维加斯上空时时有直升机盘旋，有去大峡谷观光的飞机，有去胡佛水坝观光的飞机，也有看城市夜景的飞机，搞不清楚哪架会是席琳·迪翁坐的。

在北京说起饭店来总是简化，比如昆仑饭店就说是“昆仑”，但北京饭店决不能简化成“北京”，中国大饭店也不能说是“中国”，而是“中国大”，“住哪儿了？”“我住‘中国大’呢”，透着那么大，看见恺撒宫我就晕了，这恐怕比八个“中国大”还要大。一打听，有数据表明，全世界十个最大的饭店，有九个在拉斯维加斯，最大的是“米高梅”，就是泰森经常比赛的“米高梅”，有五千多个房间。所以在饭店里，走着走着就会迷路。恺撒宫饭店，当然是按古罗马帝国的风格修的，门口处有一雕塑，大家讨论，有的说“这是恺撒”，有的说“我看像屋大维”，塑像边是一商店，是埃尔顿·约翰商店，里面卖埃尔顿·约翰那种风格的衣服，他也经常在恺撒宫演出。

1999 年，我一朋友下榻拉斯维加斯的威尼斯人饭店，回国之后和我说，这酒店太牛了，二楼的大堂里有一条河，河里有“贡多拉”，我百思不得其解，一条河能流到二楼上去？这不是相声《扒马褂》里说的，熟鸭子还能飞呢。我在威尼斯人饭店看到了那条运河，其实就是一个长条的水池子，与威尼斯大运河唯一相似的地方就是都拐了个弯，这个二楼大堂最了不起的地方是把天花板做成了虚假的天空，似乎有流云聚散日光变幻。伯恩斯坦《声音模仿者》里有一故事，说威尼斯市和比萨市的市长，想比较一下圣马可大教堂和比萨斜塔，到底哪一个更吸引旅游者，对各自城市的影响究竟是怎样的，于是计划把比萨斜塔搬到威尼斯去，把圣马可大教堂搬到比萨去，这计划还没落实，两个市长就被当成疯子抓起来了。拉斯维加斯市长要是拿这条运河去换威尼斯的运河，估计也会被当成疯子抓起来。

美国建筑师文丘理，曾带学生到拉斯维加斯住过一阵子，研究如何把建筑弄得快速、肤浅和鄙俗，他一定看到了酒店橱窗里那些拿了几百万美元大奖的幸运儿的照片，他肯定收到了街头黑人散发的小广告，许诺二十分钟内你要什么肤色的姑娘都能直接给你送到房间里，他后来写了一本书叫《向拉斯维加斯学习》，“它为区分我们这些有教养的人和那些粗俗之人的方法提出了一些警示”。

# 断背山在哪里？

《断背山》似乎有一种催眠效果，我第一次看的时候就睡着了，留下唯一的印象是，那些山景太美了，应该去那些山里转转。2006 年 5 月，加拿大旅游局组织的“GoMedia”活动中，就有一条线路叫“断背山之旅”。我们从多伦多到西部城市卡尔加里，再到周围的小镇子，电影中的场景呈现在面前。

电影在清晨的雾色中开始，远处的山，层次分明，车灯在移动。恩尼斯下车。他走过一个长方体的灰色建筑，站在牧场老板的拖车房子前。然后是杰克开着一辆破汽车来了，他把车停在那个灰色建筑旁，他对着后视镜刮胡子。有火车开过。有一个镜头，是从火车轮下拍摄这两个呆立着的牛仔。火车远去。

我们在雨中驶过 22 号公路，也就是电影中最先出现的那条公路，来到了考利镇，那栋灰色建筑出现在面前。在电影里，这房子的门窗都被遮住，像一个仓库。实际上这是个肉铺，窗前挂着招牌，“供应艾伯塔省最好的牛肉”。收银台上摆放着一条绿色的毛巾，上面写着“断背山，李安导演”，肉铺老板说，这是《断背山》剧组送给他的纪念品。老板站在门口停车场的碎石上，向镇子里面指去："他们在这里放了拖车，拍摄牛仔找工作那段戏，导演希望拍的时候有风，但那天天气很好，他们只能造风。"他转过身，面前是原野上的铁路："这就是加拿大太平洋铁路，剧组打电话问什么时候有火车经过，他们要拍火车。"肉铺旁边就是邮局，两间房子中间有一个窄窄的间隔，那里拍摄了恩尼斯从山上下来忽然干呕起来的镜头。介绍完这些情况，肉铺老板走进操作间，抄起刀，切碎两袋牛肉干，装到盘子里让我们品尝。

在过去十年间，约有一千五百部美国电影和电视节目在加拿大取外景，温哥华可以替代美国中部，多伦多可以替代纽约，而卡尔加里则可以替代美国西部。头一天刚到卡尔加里的时候，我们就被拉到一间靴子店参观，该店为电影制作了若干双靴子，但靴子店老板一听"断背山"，就从鼻子里哼哼两声："你们应该看过《上海正午》，你们应该知道成龙。你们注意到那个电影里刘玉玲穿的靴子了吗？很长，快到屁股了，那才是我们店里制造的靴子。那才是西部片！"靴子店名叫"艾伯塔靴子"，生产各式的牛仔靴，老板介绍说，所有靴子的制作流程都一样，区别只在材料，他翻出他珍藏的鳄鱼皮和鲨鱼皮："用了这样的辅料，靴子的价格就高了。"

世界上最著名的牛仔大会每年 7 月在卡尔加里市举行，其称呼为"卡尔加里斯坦皮德"（Calgary Stampede），"斯坦皮德"一词多少有些让人费解，导游的解释是，这个词是指牛冲出围栏。斯坦皮德竞技场就在卡尔加里冰球馆旁边，入场处有一个"牛仔名人堂"，墙壁上贴满了著名牛仔的照片，为我们担当解说的就是一个名人堂成员，他在1984和1985年两次获得驯牛冠军，现在是牛仔大会的裁判员，他的左手缺了两根手指头："这是我做木工活受的伤，可不是驯牛受的伤。"

卡尔加里牛仔大会开始于1912年，当初的奖金很少，现在的活动总共给出一百六十万美元的奖金，来自澳大利亚、美国等地的放牧高手参加比赛，花车游行、免费啤酒，每年7月为期十天的狂欢为卡尔加里带来众多旅行者。我在"名人堂"里发现一匹名叫"午夜"的赛马的塑像，它1913年出生在卡尔加里，在美、加两地参加过若干次比赛，多次获得冠军，1936年死在美国的蒙大拿州，埋葬在俄克拉何马。卡尔加里旅游局一位女官员介绍说，牛仔大会不光是赛马、驯牛，还有家畜拍卖、飞车杂技："就连孩子都有自己的活动，圈一个圈子，里面放上鸡鸭鹅，小孩子跑到里面去，谁能捉到鸡鸭鹅就归谁，我每年都带孩子去抓鸭子。"

有一晚，我们住在草原上的一家含早餐旅馆，其实也是有晚饭的，主人架上烧烤炉子给我们做牛肉吃，我从小房间里望出去，是草地，牛群，是白色的落基山。吃过晚饭，我们在客厅里又看了一次《断背山》，注意到其中"牛仔竞技"的场面，杰克去参加了驯牛比赛，还结识了参加赛马的富家女，两人在一辆老汽车的后座上私订终身。

我们在卡尔加里附近的镇子上看房产广告，只要三十万加币，就可以买下一个小农场。大家笑着说要到这里务农。20世纪初，就有华人在卡尔加里附近居住，他们是来修建太平洋铁路的，横贯加拿大东西的太平洋铁路现在仍是运输动脉。而从温哥华、惠斯勒到卡尔加里、埃德蒙顿的豪华旅行列车则是欣赏加拿大落基山美丽景色的最佳路线。白天乘火车看风景，夜晚在山间旅店住宿，这样的旅行方式在这里存在了一百年。

1882年8月，铁路勘测者汤姆·威尔逊在山中露营，他听到远处山间传来雪崩的声音，他问原住民向导那是什么地方，向导回答说，那边有一个湖，湖上有雪山。第二天汤姆·威尔逊和几个同伴骑马前去探察，他发现了加拿大最美丽的湖泊，那就是现在班夫国家公园中的路易斯湖，湖水的颜色随着日光而变幻。落基山脉众多地方因白人的到达与发现而被记载，白人很快也发现了湖边温泉的价值，太平洋铁路与旅游很快联系到一起，1902年，班夫成为加拿大第一个国家公园。

在多伦多采访加拿大国家公园管理局，该局官员介绍说："国家公园的经费75%由联邦政府负担，25%靠旅游收入。国家公园与省立公园的区别在于，国家公园禁止采矿、伐木、捕鱼，而省立公园还可以保留这些经济活动。"我让他推荐三个最值得游览的国家公园，他指着地图说："班夫当然是第一个，它和贾斯帕公园连在一起，大多数到加拿大旅游的人都会选择这里。"他又指向大西洋："其实在纽芬兰看鸟也是很不错的选择。"再指向北极圈附近："这里的公园是另一种景色，每年班夫有五百万游客，这里呢？也许只有五个游客。"

如果一个公园只有五个游客，那不是很好吗？从卡纳纳斯基斯山谷到坎莫尔镇，我们快速经过了几个省立公园，其格局都一样，有停车场，有游客信息中心，把车停好之后，或徒步旅行，或山地自行车，或独木舟。常常见到停车场只有一两辆车，几个人能更尽情地领略大自然奢侈的馈赠。同伴说，我们要是也就三千万人口，那也把四川、云南全变成国家公园，咱们人太多，打猎没那么多鹿，钓鱼没那么鱼，就是人多，只能人玩人。

卡纳纳斯基斯山谷里的酒店以 2002 年举办过 G8 峰会而闻名，其总经理长得和切尼有点儿相像。从这里出发，我们看到了《断背山》中几个漂亮的外景地。上湖在雨雾中，一见到这个湖，就能想起两个牛仔吵架的那个场面，恩尼斯满足于每年能有一段时间聚会，杰克则希望长相厮守，恩尼斯流下眼泪。这家伙在电影中哭了好多回，他局限的生活似乎有别的可能，但他放弃了。电影中还曾经出现一座吊桥，我看到摄影机所处的那个位置有一把长椅。加拿大的传统是，如果有游客徒步过程中在山间丧生，他的朋友们就会出钱做一把木头长椅，刻上他的名字，放到他热爱的山水中。那把长椅纪念的逝者不过三十岁，上面刻着一行字："如果你知道他，你就是他的朋友。"

电影中有山景的镜头大概总时长为一个小时，但许多场景太类似，比如恩尼斯遇到熊的地方，比如他们在露营地嬉闹被牧场老板用望远镜看到的地方，任导游怎么提醒，我也觉得含糊，都是溪流，树林。终于，导游指着一座造型独特的山头口气十分确定地说："如果哪座山能代表断背山，我想就是这座。"此山名为拳头山，形状就是个拳头。回来之后再看两遍电影，原来恩尼斯被那皮卡司机打翻在地之后，紧跟着的就是拳头山的镜头。

拳头山海拔 2 630 米，1973 年 7 月才有人成功登顶。旁边那座山叫“斯马茨峰”，海拔 2 938 米，1926 年有人登顶。“斯马茨”是第二次布尔战争中一位英国将军的名字。在坎莫尔镇上，我买到了一本导游书，专门讲述这一路上所有的山峰——何人何时攀登，为纪念哪一个人物、哪一个事件或哪一艘战船而将这山峰命名。如果拿着这本书，开着一辆车，走走停停，估计要用两天的时间才能把每座山的故事了解清楚。而我们行色匆匆只用了五个小时。导游书中讲述了瑞士导游的故事，瑞士人以在阿尔卑斯山的丰富经验帮助加拿大人了解落基山脉，一位瑞士导游说：向导不该成为英雄，他只是帮助那些遇到困难的人，把迷路的人带到安全的地方。书中还记载了斯马茨将军的一番话：对我们来说，山有历史和精神的含义，山矗立在那里，是我们生活的标尺，或者更多，是灵魂的标尺，是福音，是我们信仰的来源。

其实，最好的“断背山之旅”应该是这样的：每个人都换上牛仔靴，骑上马，带上帐篷，穿过溪流，走进山林。然而我们“断背山之旅”的最后一站是又一个镇子，麦克劳德堡，镇上有一家博物馆。加拿大骑警就是 20 世纪初诞生在这个小镇，骑警的出现是为了维持法律与秩序。博物馆维持着老营房的面貌，馆内还收藏有几位警察的墓碑，其中一位抓到了骑警建制以来的第一个罪犯，一个印第安人盗马贼。那个盗马贼临刑之前被拍了照，照片还挂在村公所的走廊里。镇子上的“文化发展官员”高顿先生接待了我们，他带着我们参观，村公所里拍摄了恩尼斯离婚的那场戏，灰狗巴士小吃店里拍摄了恩尼斯吃苹果派的镜头，镇外棒球场拍摄了恩尼斯全家看独立日焰火的镜头，镇上有两百多人当群众演员，导演挑了两个人打扮成“飞车党”恶棍的样子，可那两个家伙是镇子上脾气最好的人。

这小镇大概很重视《断背山》，每个被摄入影片的地方都贴着一张《断背山》的海报。镇上的皇后旅馆建成于1903年，现在只一层的酒吧营业，昏暗的灯光下，有一位老者正喝着啤酒，他说他从没看过《断背山》，从没听说过这个电影。

这个电影的风气过去好久，我听到一盘电影原声碟。片首曲《他是我的一个朋友》：“他是我的一个朋友，每当我想起他，就忍不住哭。他死在路上，终日奔波，却是瞎忙活，可他是我的一个朋友……”我喜欢这首歌，几乎和电影没什么关系，我听着那个有点儿苍老的声音唱：“我从未富足，还总是心怀不满，向隅而泣，他是我的一个朋友。”

# 温哥华的冰雪节日

2007 年冬天，到温哥华第一天，导游开车带我们在市区里转，指着远处的两座山，说："左边的是赛普里斯山（Cypress Mountain），右边的是格劳斯山（Grouse Mountain），市区里的很多人，晚上下了班就会去这两座山上滑雪，就和去健身房一样，所以滑雪场都是开到晚上十一点。"

第二天，我们就来到赛普里斯山滑雪场，来玩"踩雪鞋"。说来无聊，所谓"踩雪鞋"就是把一双特大的铁丝拖鞋绑在脚上，在雪地中徒步。换上鞋之后，跟随向导麦克走进森林，没走几分钟，就有了"林海雪原"的意思，抬头是高高的冷杉，四下望去全是树，脚下是积雪，向导麦克停下来。"印第安人最开始是用树皮和草来做雪鞋，穿上大鞋，因为压强的变化，人就不会陷到雪地里。如果不穿鞋……"说着他脱下雪鞋，踏进一片白雪，一脚下去，积雪已经没到大腿，"要知道，我们脚下是灌木丛，夏天的时候，这些灌木丛都是一人多高，可在冬天，我们根本看不到灌木丛，我们走在上面。"他这样一说，我才意识到脚底下的积雪足有一米多高，如果海灯法师在这里练"一指禅"，只用一根手指承载全身的重量，那他就会一下子钻到雪地里。茫茫的林海雪原里，有一根根黄色的竹竿标示雪地徒步的线路，我们走到一间森林小屋，在那里享受了一顿热乎乎的芝士火锅，然后再往回走。

能滑雪的地方未必都寒冷，以惠斯勒为例，每年平均降雪超过九米，但它离温哥华只有两个小时车程，受太平洋的暖湿气流影响，并不太冷。著名的滑雪作家吉米·皮特森曾经到惠斯勒滑雪，他说，在这里等上一星期也未必能等到一个晴天。他在《滑雪走世界》一书中设置了一个评分标准，从景色、规模、雪质、夜生活等九个方面给滑雪场打分，惠斯勒黑梳山滑雪场的评分是 4 分。

吉米·皮特森毕业于美国的南加州大学，专业是历史，过去三十年间，他把大部分精力都用在滑雪上，四处游荡，寻找滑雪的好去处。他当过滑雪教练、离道（off-piste）向导、导游、酒吧老板、酒店经理，当然，更多的时候是一个滑雪记者兼摄影师。他曾经在四十八个国家滑雪，他说："在我童年时期，1950 年代，美国的许多滑雪场还有先驱精神，随后我看到这项运动赚了越来越多的钱，成了个大产业，我借此能去许多前辈不可能到达的山峰滑雪，很是享受，但我同时怀念早期滑雪的那种单纯、先驱精神。所以我寻找偏远、不发达的滑雪场，像智利的安图科、吉尔吉斯斯坦的卡什卡苏，那里还有先驱精神。"

吉米·皮特森也曾到中国滑雪，先去北京郊外的一家雪场，转了一圈之后爬长城去了，他给这家雪场的评分是 2.3 分。在北京一家火车票飞机票销售点，他被一张照片给惊着了，巍巍雪山环绕着一湖碧水，那是天池。于是，他和伙伴一起去了长白山，看到了结冻的天池，零下二十五摄氏度，他们从长白山滑雪而下，评分是2分。然后他们又去了玉龙雪山，对丽江古镇很是着迷，玉龙雪山都快没雪了，但他们给出2.8的评分，其中景色得到5分，村镇得到5分。随后，他们去了北大湖和亚布力，评分都是2.1分。

我在惠斯勒黑梳山换上滑雪装备之后就走不动道了。惠斯勒阴沉沉的，下着小雨，坐缆车上到初级雪道，小雨已变成雪花，教练埃里克，是中国台湾移民，比北京人还能说，在他的教导之下，我连摔若干跟头。两个小时之后，我们乘缆车上到山顶吃中饭，到了山顶，才觉出这惠斯勒山真是漂亮，林木茂盛，大雪纷飞，密密麻麻的滑雪者从群山的各个斜坡上飞驰，真是让人激动。

2010年冬奥会，我又来到温哥华。在里士满的椭圆速滑馆，身穿橙色衣服的荷兰观众大概占到了三分之一，现场主持人调动气氛，最先喊出来的是“GO，荷兰！”，然后才是“GO，美国！”和“GO，加拿大！”。荷兰人在冬奥会上拿到的金牌大多来自速滑项目，究其原因是——荷兰没有山，到了冬天没地方滑雪，地势低洼，对付河流与洪水是千百年来的家常便饭，运河与沟渠结冰之后，荷兰人就会在河流上举办一次一百二十五英里长的比赛，叫十一城市秀，比赛将经过十一个城市，那里的小孩子是走路和滑冰一起学的。

瑞士有山，到了冬天，到处都是滑雪胜地，夺得温哥华冬奥会标准跳台金牌的瑞士人西蒙，两岁开始滑雪，十岁就在家门口弄了个雪坡跳着玩。与夏季奥运会越来越多的职业运动员不同，冬奥会还多少保存着点儿业余精神，拿到高山速降项目金牌的瑞士人德法戈也是两岁开始滑雪，他的职业是建筑师，来参赛之前，他和孩子说："回来的时候我的行李会重点儿，也许会多点儿金子啥的。"

有舵雪橇发源于瑞士的圣莫里茨，那是19世纪末英国贵族钟爱的休闲之地。英国人喜欢阿尔卑斯山，他们说冰雪能让人头脑清醒。但他们对雪橇的改装实在是疯狂，雪橇原来只是一种交通方式，他们在雪橇上加装上一个简单的操纵舵装置便被改装成了竞赛用雪橇，有舵雪橇"bobsleighs"源自"bob"（来回摆动）一词，因为选手需要在比赛中前后"来回摆动"，实现加速的目的。全球首家有舵雪橇俱乐部于1897年成立于圣莫里茨，举世闻名的圣莫里茨奥林匹亚雪橇滑道1904年建成并投入使用，直至今天依旧是供国际赛事使用的一个天然滑道，长1 722米、落差高达130米的滑道上设置有一系列弯道和回转，这些弯道和回转是最早在此进行雪橇运动的英国人给命名的：蛇形弯（Snake）、马蹄弯（Horse Shoe）、电话弯（Telephone）和魔鬼弯（Devil's Dyke）。

如果你玩过一项运动，你就更会欣赏这项运动，冰雪项目在中国不够普及，一种传统的解释方式是，咱们这里只有黑龙江、吉林才有冰雪运动的基础，其实，以黑龙江、吉林的人口和面积，和瑞士、奥地利比一比又如何呢？冬奥会举办地圣莫里茨、阿尔贝维尔、普莱西德湖、因斯布鲁克都是人口不多的城市，同时是赫赫有名的滑雪胜地，这种滑雪度假的消费传统在我们这里从来没有出现过。

加拿大的里多运河在冬天结冰之后就是天然的冰场，加拿大的许多小镇上都有冰球馆，沿落基山脉到处都有滑雪场。1988 年卡尔加里举办过冬奥会，但加拿大人在家门口居然没有拿到金牌，1972 年蒙特利尔夏季奥运会，加拿大人也没能拿到金牌。加拿大小说家玛格丽特·阿德伍德反对把奥运会和"国家神话"相联系，她说："加拿大人看待国家就像是医生对待病床上的病人，不是看他活得好不好，而只是看他还活着没有。"但是，在温哥华市中心的罗宾逊大街上走一走，就知道文人的说法并不可信，街上两队年轻人碰上，总要为加拿大击掌叫好："HIGH FIVE FOR CANADA！"人群聚集在一处就挥舞着国旗，市中心的现场演唱会持续到十二点，每晚都有焰火表演，酒吧里喧闹的音乐要到凌晨三点才静下来，周末的夜晚，街上人更多，每个人都是微醺的状态，街上的杂耍艺人从中午忙到深夜，有踩高跷的，玩蛇的，扮成超人和游客合影的，市中心的街区就是一个派对。加拿大国家电视台把透明的演播室就设在罗宾逊大街上，两位主持人晚上上班，盘点一天的比赛成绩，演播室外聚集的人群不断呐喊充当背景声。

《环球邮报》一位专栏作家说："我们的奥运会梦想就是计算奖牌榜，数到最后一天，等到了加拿大冰球队和俄罗斯冰球队的决赛，六十分钟战成二比二，加时赛我们攻入一球。"在这个以冰球为"国球"的国度，他们最看中的是冰球金牌。在速滑场馆和短道速滑场馆，在冰壶赛场和滑雪场地，在温哥华的大街小巷，许多加拿大人都穿着冰球队的队服，肥肥大大，非红即白。他们最喜欢的号码是 1 号，那是朗格，加拿大的守门员，其次是 87 号克罗斯比，传奇球星格雷斯基的接班人。

我观看第一场冰球比赛就迟到了，赶到雷鸟体育场时，捷克队已经二比零领先拉脱维亚，全场的观众都在为拉脱维亚加油。现场看冰球的好处之一是，终于可以看见球在哪儿了，电视转播中冰球的移动速度过快，总找不到球在哪里。另一个好处是球员撞击护板的声音更清晰。第二天看美国队和瑞士的比赛，发现另一个美妙之处，那就是全场观众都会大喊“HOCKEY”，呐喊声和场上快速的攻防变换让这项运动极富感染力。

雪上项目是在惠斯勒举行，这里常住人口在一万人，滑雪季节的接待能力是五万人以上。缆车不停地把滑雪爱好者送到山上，这里是在举办奥运会，但并不妨碍你看完一场比赛之后接着在奥运赛场旁的雪道上滑雪。雪地摩托、狗拉雪橇这样的娱乐项目也照常。街道上的商店、酒吧、餐厅都人头攒动，惠斯勒山和黑梳山上一共有一百多条雪道，足够你玩上一礼拜。饭店里就住着奥运选手，餐桌旁边就可能走过一个瑞典或者俄罗斯的滑雪高手，我要看的是冬季两项（Biathlon）的 4 × 7.5 公里接力，冬季两项中的所谓两项是指滑雪和射击。这项运动很好理解，它起源于狩猎，选手身背步枪，穿行于林海雪原。

越野滑雪、冬季两项（射击与滑雪）都起源于北欧地区，男子比赛赛场的海拔一般在 900 米到 1 200 米之间，女子比赛在 600 米到 900 米之间。采访过多届冬奥会的美国记者罗恩·贾德说，越野及冬季两项选手的身体能力可能是世界上最好的，因为不像马拉松或短跑，滑雪要求四肢并用，上肢力量和下肢力量都重要，心肺功能更是超乎想象地强大。

罗恩·贾德介绍说，北美在越野滑雪项目上并不擅长，与高山滑雪不同，越野选手的训练时间更长，而美国体育建立在学校体育的基础之上，很难想象一帮学生要完成一次50公里的越野比赛，“另外，美国人并不喜欢艰苦训练，30公里越野和50公里越野滑雪并不只是累，那是一种身体和心灵的煎熬。观众们花钱看比赛，可不是想看运动员受煎熬”。

到达赛场要从停车场步行三十分钟，天上飘着雨夹雪，脚下是冰、水、雪的混合，观众大多穿着比较专业的滑雪服和防水靴子，观众席就是一排排条凳，坐在上面很快就浑身湿漉漉的。现场的加拿大人和美国人较少，绝大多数的旗帜是挪威、俄罗斯、瑞士和奥地利，观众席正对着射击的靶位，选手从视野内滑出去之后，只能看大屏幕来了解他们在越野赛道上的状况。现场解说员如评论足球一样兴奋，射击靶位上的目标清晰可见，运动员每射中一枪，黑色标靶就消失一个，观众席就出现一声呐喊，枪声和呐喊声在山谷中回响，我在电视上看过多次冬季两项和越野滑雪的比赛，搞不清楚它们为什么分别有追逐、竞速、个人出发、集体出发等多种比赛形式，见到森林中的赛道才明白，这种天然环境很难说给每个选手绝对公平的机会，多种比赛方式各有各的机会。漫天飞舞的雪花会让人本能地兴奋起来，这是一种对大自然的亲近之感，当这两千名观众散去之后，这里就不是赛场，而是一片大雪中寂静的原野。

# 建国大业

前些日子，有人请我去西班牙，加那利群岛，我回家就查《孤独星球》旅游指南，把西班牙卷翻一个够，也没找到相关介绍。原来这群岛是西班牙的海外领地，离西班牙一千多公里，在大西洋里。我立刻给《孤独星球》中文版编辑打电话——你们这样做，很不严肃，难道就不怕西班牙人民要你们道歉，难道不是给西班牙分裂分子提供口实？《孤独星球》的编辑送给我一本小书——《微型国家》，说，别去加那利了，回家看书去吧。

这也是一本《孤独星球》指南，但介绍的都是那些自立为王的“小国”，这样的国家我听说过几个，比如两个英国人占据北海的一个海上平台，宣布那里是一个独立的小国，看了书我才知道，这个国家的名字叫西兰公国（Sealand），是一个共和国。不过，要去那里可不容易，要坐直升机。伦敦郊外还有一个小国，好走一点儿，国名叫“爱”。国王是个喜剧演员，四年前在BBC演过一个系列剧叫《如何开创你的国家》，然后他就给托尼·布莱尔写了封信宣布独立。书中附有国家地图，基本上就是一个室内装修的草图，有桌子、椅子、电视的位置。这个小国家就是一个一居室，出于隐私考虑，未公布详细地址，但在网上发护照，你可以申请成为“爱”的公民，据说，这个国家的人口比列支敦士登、圣马力诺、梵蒂冈加起来还多。

一般来说，弄一个小国，总得有国旗、货币、邮票和国歌。不少人较为重视国歌，有个孩子，宣布从美国独立，在自己的卧室里成立了一个“自由者共和国”，国歌里强调的是自由的理念，看着很激动，一踏上那个国家的土地就能闻到芬芳的空气。我很认同他的理念，但如果我移民去他那里，他的卧室就不够住的了。再说，我知道许多国家，打着自由、人民的旗号，实际上非常独裁。

书里面有好多人都是按照独裁者的样子打扮自己的，穿着军装，胸前挂上一串勋章，戴着大盖儿帽子，看着和城管似的。还有人喜欢封官，照片上两个小娃娃在握手，图片说明是国王与国防部长在会晤。有个艺术家，在维也纳郊外盖了一个球形房子，国土面积才七十多平方米。有个美国人，拥有一片农场，领土面积就大多了，这个国家叫摩洛西亚共和国（Molossia），政府官网上说他们正在和东德交战，处于战争的第九千三百三十一天。如果有可能，我很希望成为他们的公民。这个国家的总统说，一个独立的主权国家必须有啤酒、航空业、足球队、核武器，你看，这是个大国啊。他们还有海军呢——总统站在一个救生筏子上拍照，他们还探索太空呢——有一个火箭发射塔，建立了自己的太空总署，造出了火箭，还用四十个热气球绑着一台家用摄影机去俯拍国土。

我年轻的时候，总以为一个国家越大越好，人多之后就不怕别人欺负了，这个观念主要来自评书《隋唐演义》。瓦岗寨成立大魔国，程咬金要探地窟，这其实是徐茂功安排的手段，目的是获得大魔国的合法性。程咬金当了皇上，第一步就是封官，秦琼是大元帅，魏征是丞相，徐茂功是军师。瓦岗寨上人不多，齐彪、李豹、屈突星、屈突盖、金成、牛盖什么的都当了大将军，听着就不如十大元帅十大将军那么有实力，甚至远远不如水泊梁山，梁山上头是排座次，天罡地煞，类似于政治局，一百零八个干部呢。我当年听单田芳说《隋唐》，听到这段儿的时候真替瓦岗寨的兄弟们着急，后来的事实证明，李密这小子篡党夺权了，这帮兄弟只能投靠李渊。

后来我再看小说，李自成在西安建立大顺政权，年号永昌，我又替他着急，朱元璋的九字真经是"高筑墙、广积粮、缓称王"，闯王怎么也得打到北京之后才能当皇帝啊。到了北京，李岩和红娘子不听话，可以安排到冷板凳呀。后来我又看了太平天国，也着急，那里面的王爷更多，大家都是王，天国也就不太平了。

后来我看的书多了，明白建国和当皇帝、当干部并不是一回事儿。1291 年，乌里、施维茨和下瓦尔登这三个地方的一帮农民，聚集在一片草地上，互相商量说，咱们建一个国家吧，省得受别人的鸟气，这个小国就是瑞士。同一年，哈布斯堡公爵鲁道夫一世去世，这家伙当过神圣罗马帝国的皇帝，当过德意志国王，哈布斯堡王朝是历史上欧洲统治领域最广的王室，可现在谁还记得鲁道夫一世呢？但《微型国家》这本书里，不少人都以瑞士为榜样——你看人家瑞士，建国七百多年才在 2002 年加入联合国，咱们也别着急，只要坚持下去，就有盼头儿。

# 像一条秋天的道路

在卡夫卡的笔记中，有这样一个名句——把握这种幸福，你所站立的地面之大小不超出你双足的覆盖面。这句话非常适合做小户型住宅的广告。还有一句不怎么出名，“像一条秋天的道路，还未来得及扫干净，又被干枯的树叶所覆盖”。刘小枫先生解读此句，在卡夫卡的目光里，每个人的身体都是飘落在一条秋天的道路上的干枯树叶。在世俗生活中，个人就是不断被扫除或覆盖的干枯树叶。

秋天的道路，这是一个频繁在诗歌中出现的意象，所以去加拿大看“枫叶大道”实在是秋天很好的一条旅游线路。从渥太华，我们坐蒸汽火车前往韦克菲尔德小镇，那里原来是一个伐木工厂，火车线原为方便沿途贸易而设，现在成了专门的旅游线。透过茂密的枫树林，可以看见加蒂诺河的河水，有人在水中垂钓，有人在水边日光浴，那种悠然自在的生活场景实在是无价之宝。在金斯顿城外的亨利堡，导游指点着远处的一片水域，“那里就是千岛湖，湖上有许多小岛，分属美国或加拿大，这些小岛基本上都被美国和加拿大的大富翁买下来了”。一百多年前，纽约华尔道夫饭店老板乔治·波德特就在其中一个小岛上建起了城堡，他的厨子为了赞美这个地方的风光，特意调配了一种沙拉酱，这就是我们日常生活中随时可以享用的“千岛酱”。

我们从金斯顿出发，经过帕斯，去参观一个劳动人民生活与战斗的地方——威尔勒先生的枫叶博物馆，二十年前，威尔勒先生买了大片林地经营，当时主要是砍伐木材，后来学习了“科学发展观”，转型生产“枫糖浆”。说来简单，在枫树干上挖槽、钻洞采集枫树液，然后提炼成枫糖浆，这种方式早在几百年前就被印第安人使用，但威尔勒先生强调：“每个生产者都有自己的秘密武器，我也有，但我不会告诉你。”每年的3月、4月，是这个小博物馆最忙碌的时刻，世界各地人到这里参加“枫糖浆劳动节”，威尔勒一家教游客怎么生产糖浆。这个时候也是多伦多“枫糖浆节”，到枫糖小屋一游，是一项很热门的活动。大家亲自动手把枫树液熬成糖浆，再亲口品尝自己的劳动果实，这才是甜蜜的事业。

说是博物馆，其实不过是树林中的一片大木屋，最大的地方还是用作餐厅，提供的食品非常简单——玉米饼、纯麦面包、香肠，桌上提供大瓶子的枫糖浆，随便你吃多少。吃过枫糖浆之后，可以到森林里看枫树，蓝色的导管绵延七公里，把树液采集起来。沿着导管可以走到森林深处。威尔勒先生说，他现有的林地面积已有一百多公顷，他不希望再扩大生产规模。“枫糖浆劳动节”的时候会雇用一些临时工，平常都是家里人打理。餐厅里的厨师和服务员由他的四个子女担任，他的老婆负责收银台的工作，威尔勒则出面接待游客做解说。那间小博物馆的角落里摆着他的私人相册，记录着他们一家来到这里搭建木屋、建成现在规模的全过程，可以看到他的子女小小年纪就帮他做木工活，看到他们伴随着树木花草的成长过程。这森林中的一家人很快就能让你全部熟悉起来，看过相册就知道为我们端来玉米饼和咖啡的姑娘叫“安吉拉”，相册里有一张她十二三岁时的照片，十来年间她一直在这片林地里工作。

当天晚上我们住在金斯顿郊外韦斯特波特的一家小旅舍，叫 Foley House，紧靠着上里多湖，占地两公顷半，旅舍是一位名叫福利（Foley）的先生在加拿大成立联邦的 1867 年建成的。旅舍二楼只有四间客房，其中一间曾经接待过加拿大首任首相，一楼是餐厅、起居室和一间类似前台的办公室，旅舍几经转手，现在的主人是珍女士，她的办公桌后面有一个小横幅，写的是“每个成功女人背后都只有她自己”。珍女士一个人打理旅舍和边上的福利酒吧，早上起来给我们准备早饭，精神干练，却让人难有亲近感。其实这个 Foley House 的大小很像是一栋别墅，占地大的是连接房屋与湖边的草地，草地上的栗子树下放着几张椅子，珍女士告诉我们，这里只是每年夏天和秋天开门营业。看得出来，珍女士对这个小旅馆有审慎的自豪。

从韦斯特波特出发，我们坐船畅游里多运河，老船长教我们开船、煮咖啡，介绍里多运河的历史。坐船到了梅里克维尔，看见这个号称加拿大最美丽的村镇上挂满了里多运河 1832—2007 年的纪念旗帜，今年是这条运河开凿通航一百七十五周年。两天后，我们在渥太华的里多运河的终点处参观了拜镇博物馆，当年，正是约翰·拜这位皇家工程兵中校被派遣来修建里多运河连接上加拿大和下加拿大，渥太华当年的名字就是 Bytown。在约翰·拜生前，人们并未意识到这条运河的重要性，但在他死后，人们从这个工程中获得越来越大的利益。目前这条河流不再担负货物运输，主要是游船往来，但每一道水闸都维护得非常精致，冬天的时候，这条运河是加拿大最大的天然溜冰场。

在梅里克维尔，我们住在山姆·杰克斯客栈，早上打开房门，就有一只猫蹿了进来。后来和店老板聊天，才知道这家店里的服务员收留了许多流浪猫。店老板向我们介绍这间客栈的历史，也是 1861 年的老房子，"我接手的时候，这里可是一片废墟，我找了很多图画和老照片，然后按照山姆·杰克斯的老样子把这间客栈重新修建起来。我们这个小村子早年可是个北美重镇，有芝加哥以北最大的商场，还有旁边那栋三层楼房，是加拿大第一家带电梯的楼房"。

山姆·杰克斯客栈门口放着各式小卡片，介绍附近可以游玩的地方，包括一位居住在附近农场的女作家，可以预约前去农场访问，这位作家的作品据说是通过审视乡村生活表现了加拿大人的精神世界。小镇的一家商店里就出售她的小说，我翻了翻，没有买。因为我觉得采集枫糖浆的威尔勒先生、孤独的珍女士、山姆·杰克斯里的店老板，还有那个载我们游览里多运河的船长，都是一部小说里更生动的人物，他们需要一位安静的、守望自己幽暗土地的阅读者。

# 红灯记

世界上有许多名胜，很可能会逐渐消亡。英国报纸说，死海正在不断蒸发，水面每年都在缩小，再过二十来年，死海可能就被蒸发没了。还有一家报纸说，柬埔寨的吴哥窟正在风化，再被风化个几十年，吴哥窟就被风吹没了。你说死海躺在那儿、吴哥窟矗在那儿，都被蒸发和风化了上千年，凭什么到咱们这拨儿就正赶上它们的弥留之际呢？幸好我已经去了死海和吴哥窟。但是，有些名胜，一次没赶上，兴许就错过了，比如阿姆斯特丹的红灯区。

红灯区和中国城，都在阿姆斯特丹老城区，紧挨运河，绿树掩映，风景很美。最近，阿姆斯特丹推出一项所谓“红灯时装计划”，希望通过举办时装周等活动改造这个城市的红灯区。据英国广播公司报道，十五名年轻的荷兰时装设计师在原先是妓院的店铺开张营业，用时装取代了橱窗女郎。市政府花费四千万美元买下这些铺面，希望吸引旅游者来购物，而不是做性交易。时装设计师还从荷兰各地请来了很多靓丽的时装模特参加当地的时装周活动。阿姆斯特丹红灯区已经有五百多年的历史了，每年吸引大批旅游者，现任的阿姆斯特丹市长却并不珍惜历史遗产，他说：现在到了需要变革的时候了。

有一篇旅游指南文章，开头就说，忘了红灯区吧，阿姆斯特丹有许多伟大的建筑，你应该像本地人一样骑上自行车去拜访伦佐·皮亚诺设计的科技馆，去看黑川纪章设计的梵高美术馆新翼，荷兰产生过伦勃朗和哈尔斯，投身到艺术的洪流中去吧。白天当然可以投入艺术的洪流中去，但晚上去哪里呢？阿姆斯特丹是一个让人犯忌的地方，比如别的地方不能安乐死，你跑到荷兰就能给自己打上一针永远睡去；别的地方不能吸大麻，阿姆斯特丹能抽大麻，在咖啡馆里能买到大麻和蘑菇。荷兰所谓的宽容与多元，从这些低级趣味的东西上能反映出来。

我没去过阿姆斯特丹的红灯区，但早年间去过汉堡的红灯区。导游给我们介绍："你们都听说过阿姆斯特丹的橱窗女郎吧？那是欧洲最有名的。汉堡的橱窗女郎是欧洲第二有名的。"那天我们早上起来就去汉堡的"绳街"，到了街角，导游嘱咐我们：第一，女士在外面等着，不要进去；第二，男士把照相机都留在外面，里面不能拍照。跟着导游进去，眼前景色让人大失所望，窗户都紧闭着，街上冷冷清清，有一西装男子正从一屋里出来，看见我们几个游客自己吓了一跳。转了一圈出来，有同行的女士就问：怎么样怎么样？我们说：没意思，啥也没有。该女士好奇心一下就上来了，往街里探身望去，结果立刻从里面飞出一个啤酒瓶子，吓得我们落荒而逃。

到了晚上，我们几个男人，决定再探探。导游嘱咐我们，跟出租车司机说圣宝利（St. Pauli），司机就知道你们要去的地方了。果然，司机把车直接停到了一家性表演俱乐部的门口，我们也再次看到了绳街，晚上的景色和早上大不相同，整个街区熙熙攘攘。此处删去一千字吧。

阿姆斯特丹红灯区现在并不限制女性参观，我的一位女性朋友，在那里很好奇地转悠了一晚上，回酒店的路上还和出租汽车司机讨教，那位荷兰司机表露出工人阶级特有的同情心，他说，她们也要上税，挣的钱三分之一要交给皮条客，如果皮条客是自己的丈夫，那家庭收入还算可以，如果不是，她们受到的剥削就比较厉害。2008 年 1 月一期《经济学人》杂志，介绍了芝加哥大学经济教授史蒂文 · 莱维特的一份报告，他的小组在芝加哥调查了两千两百桩性交易，得出结论说，性工作者每小时的收入是二十五美元到三十美元。

荷兰的改造计划的确让性工作者不满，荷兰性工作者工会的一名负责人说，政府的新计划将影响到工会会员的收入，因为时装店招徕的顾客是不会逛妓院的。汉堡绳街除了色情业外还有一大特色是音乐，2006 年 2 月英国《独立报》的一篇报道说，圣宝利街区因经济低迷和高失业率陷入经营困境，当地电台发起一个项目，在那里修建披头士广场，希望 2006 年世界杯的游客到圣宝利来玩。汉堡一市议员说，他们只修补，不改造，因为“绳街的名声比汉堡还大”。

列侬曾经说过：“我生在利物浦，却在汉堡长大。”披头士曾在圣宝利街的多家俱乐部演唱，其中最著名的一家是“Star Club”，1962 年春天，他们在这里唱了一个多月，年底唱了两个星期。现在还有人宣称，在圣宝利的俱乐部能听到世界上最好的音乐。

# 我和美丽有个约会

从东京坐新干线去京都，来回要四个小时，我们在京都逗留的时间也就五个小时，在清水寺附近吃完饭，去逛庙，等到了金阁寺，就只剩下一个小时的游览时间。

芥川龙之介 1921 年跑到中国做了一圈采访，写了本《中国游记》。此人体弱多病，三十五岁就自杀了。有人说，他之所以害了胃病得了痔疮，是因为他跑到中国给累着了。三岛由纪夫也是生来就身体差，但疯狂练习过一段时间健美，那是 1955 年，他正在写作《金阁寺》，这篇小说来自一个真实的社会事件，1950 年 7 月，一个小和尚自焚并烧毁了金阁寺。

第一眼就被金阁寺映照的阳光刺痛了，当时夕阳西下，寺庙里游人不少，但那金箔反射出的光芒，的确是一种拒绝他人的美。按照旅游书上的介绍，金阁第一层是寝殿风格的法水院，第二层是武士建筑式样的潮音洞，第三层是中国禅宗样式的究竟顶。三岛由纪夫说，这种东拼西凑，是设计者们那狂躁不安的心理流注于样式所致。“如果金阁真的按一种安定风格设计建成，那么它肯定会因难以统摄不安而在落成伊始便崩坍无存。”

导游书上根本不提火烧金阁一事，有些材料也只说“疯僧”烧寺，连小和尚林承贤这名字也不提。据说这小和尚也是孱弱的身体，三岛由纪夫以他为主角，用第一人称叙述，可以算是对“疯僧”行为的解释，更是在阐释三岛由纪夫自己的美学思想。

现在的游人根本没有机会进入金阁里面，无从领略其中木结构的细节。但金阁的美，的确是从木梁之间散发出去的，那些金箔是 1987 年重新贴过的，按照三岛由纪夫的说法，金阁的美丽不在木头和金子，不在建筑本身，而是它弥漫出去的力量。直观地看，镜湖中倒映的金阁，金阁所映照的光芒，都是一种弥漫。再进一步说，现在是北京冬天的午后，我脑海里还有金阁残存的影子，这也是金阁的美丽。那天去京都的火车上，我还看见了富士山，尽管只是那么一眨眼的工夫，但也是美丽的一瞬间。

小说《金阁寺》里，有这样一句话：“我们所以突然变得残暴，那是在这样一瞬间，即一个晴朗的春天的下午，在精心修剪过的草坪上茫然地望着透过叶隙筛落下来的阳光嬉戏的一瞬间。”如果有这样的瞬间，我会感受到俗世生活的美好和宁静，但我也能理解这世界的多样性。有人以死亡成就一种美，有人把死亡作手段，要在沉沦的世界中毁灭一种美，我总觉得芥川龙之介的小说《地狱变》和三岛由纪夫的《金阁寺》形成了一种奇妙的对照，《地狱变》的故事是这样的，画师良秀要给大公做一幅《地狱变》的屏风，却苦于难以描绘出地狱中的火焰，大公放火烧死良秀的女儿，良秀仔细观察那美丽的火焰，烈火中的美女，脸上露出法悦的光。这“法悦”是佛家用语，指在信仰中得到喜悦。良秀终于完成《地狱变》，然后悬梁自尽。

芥川龙之介的小说改编自日本民间故事，篇幅小，相比之下，《金阁寺》就复杂好多。三岛由纪夫完全把自己带入小和尚的世界。他或许多次用小和尚的眼睛来打量金阁寺。日本文学评论家江藤淳曾说，日本人在眺望身边的风景时，还感受到同时也正在看着同样的风景的另一道看不见的视线，即死者们的视线，从中吸取欢乐和宁静，并且向死者发出呼唤。这也正是日本文学的特殊性之所在。如果不与死者共生，我们就无法感觉到自己活着。这也许是三岛由纪夫写作过程中的感受，但这和我们凭借他的小说游览金阁寺却不太一样。一个小时的匆匆观光，似乎只是让我有机会确定，这金阁既没有被美国飞机轰炸，也没有被烧毁，顶端的那只不死鸟也还没有升天，夕佳亭还在，陆地之舟还在。

在旅游纪念品商店，我买了普勒斯顿·L. 豪泽写的两本书，分别介绍京都的茶园和庭院。这普勒斯顿在京都生活了十多年，还学习尺八，很有点儿当代小泉八云的意思。两本书都是以照片为主，除了图说，作者只写一个稍长的后记，分别介绍日本人在庭院设计上的哲学和茶道的历史。

我当然知道，京都还有太多的地方没能去，但我疑惑以后会不会再来京都，再看看金阁寺。好像为了赶着去更多的地方，我总避免去那些已经去过的地方。不过我学会了一句来源于日本茶道的成语，叫“一期一会”。茶道大师说，每次喝茶，天气、水、空气，都在发生变化，今天的茶会和明天的怎么也不一样，人生的每一瞬间也都是不同的，这种对生命瞬间的把握也包含着生命无常的哲学。

那些安静的、不厌其烦的茶客，在喝茶的过程中暗含着“难得一面、世当珍惜”的苍凉与寂寥。利修和尚将自己庭院里的喇叭花全摘下来，只留一朵，他把自己的茶室弄得空间逼仄，器皿也极其朴素，让客人全心投入那杯茶中。想象一下，如果我是他的客人，我该多么难以忍受，我想看到的是大千世界，繁花似锦。我所留恋的是万丈红尘，无尽美丽。

# 肉食者鄙

东京刚被米其林指南评为“世界美食之都”，因为其拥有的米其林三星餐厅的数量超过了纽约和巴黎。既然如此，我们到了东京就免不了要大吃大喝一番，领队的陈老板吩咐手下：“去看看哪里有女体盛。女体盛是第一选择。然后看哪里有神户牛，神户牛是第二选择。”第二天确定，晚上吃神户牛肉，地点是六本木的濑里奈餐厅。

这神户牛几乎成了一种传说，号称它们都是喝啤酒、听古典音乐长大的，养牛人还要时常给它们按摩。一位在中国海关工作的朋友告诉我，他们经常查获旅客擅自带日本牛肉入境，一些高档餐馆，日本高级牛肉标价三千块一公斤，带一坨牛肉进来就能赚万把块钱。当然，还有美食家告诉我，北京所有的神户牛肉都是假的，一般能吃到大连牛肉就不错，大连和日本关系密切，引进日本牛到中国来杂交，生产的牛肉质量也不错。

我在日本有一位朋友，听说我们要找女体盛，先是惊讶：“我在东京待了十多年，从来没吃过，你们要找到通知我一声，我也去吃。”后又疑惑：“这女体盛听说好多都是由中国妇女躺在下面，这个不太好吧。”最后释然：“你们去吃濑里奈，那也不错，好多大公司请客，都是在那里。”

按理说，吃肉绝对不是一件有道德的事情。这个世界，最具道德优越感的是吃素。素食主义者强调，畜牧业和养殖业造成了严重的环境污染。但比起某些变态的美食，我觉得吃肉的罪过还不算太大。濑里奈餐厅是铁板烧，先烤龙虾鲍鱼，最后才上神户牛肉。我没有当美食家的素质，品评不出这神户牛肉和艾伯塔省牛肉哪个更好，总觉得神户牛名声在外，多半还是养殖过程中讲究更多造成的。假设某一天外星种族入侵，他们喜欢吃人，那么最先被吃掉的很可能是喜欢喝啤酒喜欢古典音乐的那些人。

回北京之后看新闻，有一个报道说河南成为全国首个人道屠宰试点省份。文章说，当猪得知将被杀而感到恐慌后，会分泌一些不好的物质，出现“白肌肉”现象，猪肉的颜色发白，质软，渗入不良体液。人道屠宰可以让猪肉的品质更好，吃到的肉会口感更好，更健康。全文下来，并没有提养殖的变化，只说杀猪的时候要人道，那我疑心只这一道工序的变化，未必能让不那么好吃的猪肉变得好吃。

休·费恩利－惠廷斯托尔，是英国著名的厨师，电视节目主持人，曾经做过一些很变态的晚餐大出风头。他在大学里学哲学，工作却是在餐厅，赚了钱之后弄了个农庄自己备材料，养牛养猪搞有机蔬菜。他发出一个伟大的倡议，每个英国中产阶级家庭都应该在自己的院子里养两头猪，如果院子小，就在门廊那里养猪。这样才能保证吃得健康。惠廷斯托尔说，我们吃的动物大多来自养殖场，生前过得很悲惨，住的条件差，吃了很多抗生素和生长激素，所以不好吃。按照波兰斯基的说法，他不能养任何动物，一旦养了就要付出感情。惠廷斯托尔原来养的牛都起个英文名，后来养得多了，杀得多了，就不再给牛起名字了。

《纽约客》杂志最近撰文介绍几本美食书，提到加拿大有位厨师新出的菜谱写真集，他用一些比较刺激的图片展示大菜的制作过程，他说要对全世界的精美晚餐竖起中指。《纽约客》评论说，其实他也对全世界的素食主义者和动物权利保护者竖起了中指，在这个大厨看来，不管是拔起一根胡萝卜还是杀掉一头鹿，都是动植物由生至死，再供养人活下去的过程。这位大厨偏好猪肉，他强调自己的猪是从法国专门的农庄进的货，鸡是从加拿大一专门农庄进的货，他认为，只要找好供货商，餐厅就能保证食品的质量。让我迷惑不解的是，加拿大的牛肉已经不错了，可这位大厨说他很少做牛肉，因为他找不到合格的牛肉供应商。

另一本书是法国一农场主写的，他在巴黎开了家餐厅，专门做杀猪菜，时常回法国南部自己的农庄去杀猪。欧盟对杀猪有特别严格的规定，对动物权利和人道屠宰很重视，可这位农场主杀猪的方式和几十年前一样。他的书名叫 *Pork & Sons*，很温情地回忆了自己当年跟着爷爷一起去杀猪的场景，讲述猪是怎么变成香肠和火腿的。书评家说，这本书不仅让你对你吃的肉感兴趣，而且让你对这些肉所来自的那个动物世界感兴趣。

说来我有一位亲戚就在北京郊区当屠户，每年过春节的时候都忙得要命，原来是用刀杀猪，后来改用电。可惜我从来不敢去现场观摩。有一年春节，我坐火车去河南，偌大的车厢里空空荡荡，路过一个村子，我看见一头猪，四肢伸展被绑在一个木头架子上，很像是一位受难的英雄。

# 我应该遥想那里

我拿到了一本《2007年美国最佳游记》，第一篇文章写的是“世界尽头”，作者在南极科考队工作，接到一个任务，运送十二名俄罗斯科考队员和几吨给养到俄罗斯沃斯托克（Vostok）科考站去，沃斯托克是最接近南极点的科考站，建立于1957年，海拔一万英尺以上，最冷的时候是零下八十多摄氏度，生活条件很艰苦。作者到达沃斯托克，完成任务之后迅速返回，然后他又开始后悔，说他应该在那里和俄罗斯的朋友们一起喝杯茶聊聊天，像个真正的旅游者那样。

我在谷歌地球上搜到了沃斯托克，南极洲是一片白茫茫，科考站只是一个黄色的小标识，不论我怎么放大，也看不到那里有什么建筑，也没有人贴出相关的照片。看来，南极是被卫星忽略的地方。我一般是去一个地方玩了一遍，才会想起用谷歌地球再去浏览一遍，去年我去了魁北克城，在圣劳伦斯河边看到了芳堤娜城堡饭店。这家酒店建立在河边的山崖之上，非常漂亮，据说是世界上被拍摄最多的酒店，回来之后我就在电脑上再去游览，然后发现“玛丽女王2号”邮轮就停在河边。过了半年，我又想念魁北克了，就再打开软件去那里，发现玛丽女王2号就像个石舫那样还停在那里。

《最佳游记》的编辑，大概经常使用谷歌地球，她在序言中说，如今人们用电脑来游览世界上各个地方，所以那种谷歌地图似的游记已经没有市场，人们需要那些滋补灵魂的游记。这本书里还有一篇文章叫“我家公寓的《孤独星球》指南”，作者模仿《孤独星球》的写作手法，给自己的公寓写了篇指南，“卧室抽屉里有我前任女朋友的照片，这有助于你了解本地居民的历史”，“野外生活”一栏写着“那条狗叫赛迪，别碰他”。

《孤独星球》指南，早就出了中文版，但我觉得，这类旅行指南该死了。《南太平洋手册》专门介绍南太平洋的小岛，二十八年间出了八个版本，最近作者在自己的博客上宣布，这书不会再出第九版，传统旅游指南作者的黄金岁月一去不复返了，旅游指南书太多，而大家能在互联网上找到足够的资讯。罗伯特·雷德，过去五年内参与编撰了十二本《孤独星球》指南，他进入《孤独星球》工作的时候，问一位高级管理人员：“我们的竞争对手是谁？”高管回答说：“谷歌”。

我承认互联网能提供足够的旅游资讯，但以我使用谷歌地球的经验来看，它还是过于机械。我用谷歌地球看到过塞纳河，看到河上的游船与河边的行人，也看到圣心大教堂，但对圣心大教堂最美丽的一瞥，是在蓬皮杜艺术中心的顶层走廊，那里站着个老太太，穿着非常漂亮的裙子，面前竖着画板，她用水彩勾勒出的圣心大教堂一点儿也不准确，但顺着她的目光去打量那教堂，她在阳光下闪耀出的美丽无法在任何旅游书上看到。

一位西雅图的作家，出了本新书叫《旅行作者下地狱》。他原来在一家大公司上班，大概因为比较无聊，他接受《孤独星球》的一份工作，去巴西更新旅游资讯。他只带着笔记本电脑和几件换洗衣服就去了巴西，第一天早上醒来，床上就躺着汉莎航空公司的一位空中小姐。这姑娘是作者在巴西一连串艳遇的开头，这也奠定了作者打算把自己描述成卡萨诺瓦的基调。为了给这本书做宣传，作者托马斯前些日子先自爆家丑，说他曾经接受《孤独星球》一份给《哥伦比亚》写资讯的工作，但因为钱太少，他就根本没去哥伦比亚，待在西雅图的家里用互联网上的资料完成了工作。

托马斯用《孤独星球》的钱，写了本反《孤独星球》的书。他说，现在的旅行文章大致就三类：第一类是多愁善感言过其实，第二类是小气刻薄廉价的幽默，第三类是个人英雄主义假装男子汉。旅行作者最大的痛苦就是拿着很少的钱要写很多东西。

有个老外，写过《中国》，他说——我 1994 年写过《柬埔寨》，当时《孤独星球》给我的钱是 1.7 万美元，2002 年，有一个作者要写和柬埔寨差不多大小的国家，他的经费是 1.1 万美元。他说他知道，由于经费和截稿时间的限制，有些目的地根本没有到达就被写到书里去了，但这种情况并不普遍。有一位作者，在中国北方看见一个美丽的湖泊，他在旅行指南中写道，围绕这个湖做徒步旅行是非常独特的享受。他的文章没有告诉读者，这个湖的另一半在朝鲜境内，头一个绕湖的徒步者越过边境之后被抓了起来。

# 火腿之旅

我们的第一顿火腿是在马约尔广场附近的 5J 火腿餐厅吃的，5J 是西班牙火腿的著名品牌，五颗橡果的意思。餐厅门脸不大，一层供应塔帕斯，地下室别有洞天，餐桌边上就支着一根火腿，摆着刀，大有吃多少都管够的架势。1879 年，安达卢西亚一个叫罗梅洛的农户，在韦尔瓦省的小镇哈武戈（Jabugo）开了一家屠宰场，出产伊比利亚火腿，后又创办公司，推出“5J”品牌。那天晚上是以各种塔帕斯配肉制品，端上来一盘盘香肠、前腿肉、背脊肉和火腿肉，餐厅主管介绍说，我们的火腿都来自纯种伊比利亚黑猪，只有纯种猪，才能保证火腿细致肌肉中的脂肪，也就是“红白相间”，红色是肌肉，白色是脂肪。前腿肉和背脊肉基本上全是瘦肉，但味道就差一些了。火腿切出来后，要用温热的盘子来盛，火腿复杂的香气就会散出来，吃的时候最好用手抓，而不是用刀叉。

接下来的行程是去安达卢西亚大区。先到达科尔多瓦，正赶上科尔多瓦庭院节，老城内许多住户的庭院对外开放，用天竺葵等鲜花布置的庭院小巧精美，据说围合而成的两层院落最多的时候曾住着十四户人家，和我们的大杂院也差不多，但后来人们的居住条件改善，现在老城里也就只有三千多户人家。科尔多瓦混搭风格的大教堂中有一尊五百公斤重的“圣体龛”，复活节期间要抬出去参加游行，在宗教色彩浓重的复活节假日之后，庭院节就开始了。塞维利亚的四月节也是在复活节“圣周”之后举行，类似于中国的庙会，选一处空地，搭上几百顶大帐篷，女人们穿上传统的裙装，男人们穿上礼服，驾着马车在街上巡游，在帐篷里跳舞喝酒彻夜狂欢。四月节之后，就是赫雷斯马节，也是马车巡游，也是跳舞喝酒。我们辗转科尔多瓦、塞维利亚、赫雷斯三地，度过庭院节、四月节和马节，感受着西班牙人对生活的热爱。而吃好喝好，无疑是热爱生活的一个具体表现。

韦尔瓦省的旅游官员在阿拉塞纳（Aracena）镇上招待我们吃饭，他介绍说，韦尔瓦省由几十个小镇构成，本镇有七千多居民，但我们养的猪要比人还多。这位官员拿着一张解剖图给我讲解猪身上各种部位——背脊的肉叫LOIN，腌制成熟后就是LOMO，在阿根廷吃牛肉经常会遇到这个词，那是烤LOMO，猪脸肉叫CARRILLERA，里脊肉是SIRLOIN，所谓“西冷牛排”的“西冷”就是里脊，腱子肉SECRETO、排骨RIB，脖子后边有一块叫PRESA，是最好吃的部分，那晚上的主菜就是烤PRESA。我问他，心肝肺怎么处理，官员说，我们做香肠。同行的一位北京汉子遗憾地摇了摇头：“这么好的猪下水，要是做成卤煮该多好。”

第二天一早我们到了一家“生态农庄”，庄主是一对夫妻，女的叫利利，农庄占地八十多公顷，养了八十来头猪，平均每头猪有一公顷的活动空间。橡树浓密，草地上满是露水，一头大黑猪独占一大片空地儿正在踱步，耳朵上的编号是35，这是种猪，需要特别优待。越过一道篱笆，男主人一声吆喝——噢，给！几十头伊比利亚黑猪奔跑过来，利利介绍说，地中海橡树每年 10 月到来年 2 月产橡果，这段时间猪就吃橡果，其余时间还是要吃粮食，养猪一般要两年，在第二年秋天来临时，猪已经发育成熟，它们在这个秋冬吃橡果只为了长肉，长到一百六十公斤以上，制作火腿的最佳时机就到了。他们把猪送到专门的屠宰场，放血杀猪，然后再送到专业的火腿厂，在那里度过腌制期，然后再拿回来自然风干，这个风干的过程他们叫作"酿火腿"，酿的过程也许是两年，也许是三年。利利带我们看了一窝小猪仔，皮毛锃亮，"伊比利亚猪分四个等级，吃橡果和粮食的叫 de bellota，吃橡果和饲料的叫 cebo de campo，第三等级就是一般散养的猪，养殖场的猪叫 de cebo，我们养的猪如果生病了不能使用抗生素，要是用了抗生素就只能送到养殖场去"。

类似于法国葡萄酒的"风土"一说，伊比利亚猪的生长环境也有个名词叫 Dehesa，指它生长的山林、吃的东西等综合因素。刚出生的小猪仔只有两三斤重，五十天之后就会到二十五公斤，这最初的五十天它们都在猪圈里度过，五十天后就到野外散养，喂粮食，在自然环境中吃草，锻炼其肌肉，发展其骨骼。伊比利亚猪最重要的养育环节叫"montanera"，即山地森林中的散养，山林中的橡树大致有三种，出的橡果有大有小，营养各异，味道近似于栗子。山林散养给猪催肥，一般而言，长一公斤肉需要十公斤冬青栎（holm oak）的橡果，或者十四公斤栓皮栎（cork oak）橡果，十八公斤葡萄牙栎（gall oak）橡果，笼统而言，吃掉一百二十公斤橡果长二十五磅肉，所以，一头伊比利亚猪要比较大的空间，有足够的橡树才能养好。利利在猪圈里讲养猪，猪圈里的味道毕竟不好闻，简略介绍之后，说，还是去尝尝我们的火腿吧。

此前我看到塞维利亚肉类生产协会主席的一篇文章，这位肉联厂主席的文笔相当出色——我们大多数人都已经习惯了城市的生活方式，但我们又和乡村相连，和山野相连，和地图上那些偏远的、好像我们永远不会去的地方有着隐秘的联系，我们的感官、记忆与想象都要感谢大自然的馈赠，我们的灵魂追根溯源，跨越城市生活与乡村的边境，就会发现，火腿是来自童年的味道，把我们带回到最初的美好时光，形成了我们的身份识别和家庭血脉。说起来，我第一次尝到伊比利亚火腿是在上海的一间酒吧，那条架子上的火腿，摆在酒柜的正中央，我们当时切了薄薄的几片，价钱好像是一百多块了，肉是鲜红的，带着几丝肥白，正好下酒。整条火腿的进价已经上万元，它从西班牙漂洋过海来到上海。现在我的灵魂追根溯源，看过猪圈之后又去看一家火腿工厂。

生猪从屠宰厂送到火腿工厂后，第一道工序是切割，将后腿塑形，然后用海盐腌制，晾干、脱水、风干，这是一段六到九个月的低温成熟期，猪肉表面会有霉菌产生，需要定期检视和清除。此后再进入自然风干的“酿火腿”阶段，韦尔瓦省肉联厂的代表向我们介绍，按照猪肉的不同等级和前后腿的区别，自然风干的时间，后腿要二十四个月和三十六个月不等，前腿要十八个月左右，一般来说，我们吃到的火腿大致是三年前杀的猪，我们也搞火腿评级——好，很好，非常好，换成书面用语就是伊比利亚火腿，伊比利亚优质火腿，伊比利亚特级火腿。肉联厂代表和我们共进午餐，我们有了自己动手切火腿的机会。切火腿第一要素是尽可能保持水平，要切成大小均匀薄薄的一片并不容易，整只火腿，如果能比较快地消耗掉，放置在火腿架上时要蹄子（脚心）朝上，如果吃得较慢，则要蹄子（脚心）朝下。一只完整的火腿在食用前需要“开火腿”，先从蹄前直切下两三公分，然后直角转向火腿前部，切掉最上端的一段皮肉，露出大理石花纹般的火腿肉。蹄子朝上时，La maza部位是最先下刀的地方，这一块儿也是瘦肉最多的地方。没错儿，火腿也有不同的部位，在胫骨和腓骨之间那一块儿叫 El jarrete，一般切碎入汤最有味道。蹄子朝下时，最先下刀的部位叫 La babilla，这是火腿瘦肉最少的部分。如果吃得慢，要从瘦肉少的地方吃起，先切下来饱含脂肪的皮层覆盖切面，用火腿本身的油香滋养火腿。最终剩下的骨头用来煲汤，比一般的猪肉味道更加香浓。

吃过午饭之后，我们到阿拉塞纳镇上的火腿博物馆参观，了解伊比利亚猪的种类，最好的伊比利亚火腿来自一种黑脚猪，年产量在八十万只，约占西班牙火腿市场的 10%，其他的火腿来自不同种类的红猪或白猪。伊比利亚火腿在西班牙有四个原产地保护区，韦尔瓦省是其中之一，标记有韦尔瓦出产的火腿质量上乘，本地售价三百五十欧元，到马德里就要五百欧元。博物馆有一展厅，悬挂着欧洲各地的火腿，德国黑猪火腿，意大利帕尔玛火腿，等等。我买了几袋真空包装的火腿 Jamón 和前腿 Paleta 回家，脑子里惦记着在马德里、安达卢西亚的各处饭馆酒吧中悬挂的颜色各异的火腿。

# 黑岛笔记

2010年岁末，去智利使馆办签证，迎面就看见聂鲁达的诗，汉字，装裱好挂在墙上——“兄弟，这儿就是你的家/欢迎你到我这省吃俭用建造的/大海星星鲜花和石头的世界中来/在这里，我窗户的声响仿佛来自一只巨大的海螺/而后又传遍我这凌乱家中的每一个角落”。

我们去智利采访葡萄酒庄，而聂鲁达最适合做智利葡萄酒的“形象大使”，他关于土地、农庄、粮食、蔬菜、葡萄酒、矿山、南美大陆、女人的肉体与爱情的诗，在某种程度上代表了智利葡萄酒的特色——单纯、浓厚、新鲜。

在智利接待我们的老兄叫巴勃罗，和聂鲁达同名。他开车带我们从圣地亚哥去圣克鲁斯，道路两旁就可以看到大片的葡萄园，此外还有玉米地、草莓地。行至科尔查瓜谷一带，道路变窄，乡间道路随处可见整修过的大裂缝，这就是地震留下的痕迹，好多酒厂都受到破坏，酒罐倒了，葡萄酒满地流淌，酒厂里的树都醉酒而死，树干上可见红色的酒渍。我们跟着巴勃罗先生拜访了拉博丝特酒庄，蒙帝斯酒庄，去了古力高山谷，然后又折返向北，回到圣地亚哥，参观卡罗利娜酒厂。每天醺醺然，但行程中最让我兴奋的是，那个周末我们要去黑岛。

那是聂鲁达的故居，诗人在那儿居住多年，最后也埋葬在岸边，面对太平洋。从故居的每一个房间都能看见大海，看见海滩上的黑色礁石。木栅栏将诗人故居围起来，木栅栏上满是游客用黑色墨水写下的自己喜欢的诗句，三十年前，马尔克斯的一篇报道里曾对黑岛故居有这样一段描述——“如果有人耐心把恋人写在栅栏上的诗句整理一下，就会把聂鲁达的诗篇完整组合起来。每隔十分钟，地下的震动震撼大地，写满字的木板如同获得了生命，栅栏好像要跳出地面，木板结合处咯吱作响，杯子和金属叮叮撞击。仿佛整个世界由于这座花园播种了太多的爱而震颤不已”。

也许当年地震太频繁，也许马大师本来就魔幻，现在的黑岛看起来风平浪静，阳光能刺痛眼睛。聂鲁达故居餐厅的外墙上写着聂鲁达的诗，菜谱上也写着聂鲁达的诗，有对葡萄酒的赞美，有对洋葱和西红柿的赞美，有两道菜直接以诗人命名——聂鲁达鱼汤，聂鲁达海鲜杂烩。我点了“海鲜杂烩”，一盘鱼、虾、贝杂烩之外，还配着一大份沙拉——西红柿切片，洋葱切片，一边红一边白装在盘子上。

我带着聂鲁达的《一百首爱情十四行诗》来到黑岛，如果有人问我聂鲁达的诗是什么样子的，我会找出第十三首中的四句来回答——“谷粒在你身上达到了丰收时节的饱和状态 / 粉末在大好日子随风飘扬 / 当面团膨胀使你的乳房倍增 / 我的爱是大地深处等待已久的煤块”。可惜餐厅里提供的面包未能领会诗歌的意义——又小又硬，像聂鲁达的另一首诗——“无数的葡萄颤动着，而黑色的葡萄粒 / 那些小小的鼓起的乳房充满着 / 循环的河道的某些秘密”。

聂鲁达的房子里收藏着许多船头雕塑，其中最著名的是一个木头雕制的女子，爱情十四行诗里的第六十八首写的就是她。聂鲁达据说不会游泳，但几乎所有收藏品都和大海有关，船头雕塑、船模型、巨大的海螺。有一张小书桌，是由船板做成，导游说，某天早上，诗人起床后看见大海里漂着一块木头，他叫醒玛蒂尔德，两人从海里捞起这块船板，做成了书桌。起居室里有一块地方，水泥中混杂石头，导游对我说：聂鲁达经常光着脚在上面走，据说脚部按摩有助于身体健康，这可能是他从中国学来的，你们现在是不是还喜欢脚部按摩啊？到了书房，看见一溜儿作家肖像，跟我同一组游览故居的四个人开始交谈——啊，这是普希金，啊，这是叶赛宁，随即用俄语朗诵。院子里，面对大海，聂鲁达和玛蒂尔德合葬于此，请在此朗诵爱情十四行诗的第八十九首。

在智利港口城市瓦尔帕莱索，我们拜访了聂鲁达的故居。1959 年，聂鲁达和他的朋友韦拉斯科一起出钱买下了这处房产，当时这间被遗弃的房子只盖了三层，第三层还是个鸟舍，他加盖了第四层和阁楼。1961 年 9 月 18 日，聂鲁达在这里搞了个竣工晚会，邀请朋友们一起喝酒。客人们在阁楼上用望远镜眺望海港，聂鲁达说，顺着这个方向，能看见一个裸体女人在日光浴。如今，这座房子是聂鲁达纪念馆，第三层是餐厅，布置着一个小小的吧台，地上堆着彩色玻璃罐子，诗人坚信，即使是白水，放到彩色罐子里也会更好喝。餐桌上的葡萄酒杯各式各样，而陶土杯据说是聂鲁达的最爱，他喜欢用陶土杯品尝红葡萄酒，喜欢留在陶土上的红色酒渍。他喜欢和朋友们一起吃饭，他说过，一个人吃饭就像是吃石头。在他出任智利驻法大使期间，开始在法国推广智利葡萄酒，每逢使馆开宴会他都选用智利酒，他的诗里，智利是“由波浪、葡萄酒和白雪所组成的长长的花瓣”。

这个俯瞰海港的房子是观看焰火的好地方，每个新年，瓦尔帕莱索海港都燃放焰火。聂鲁达在这里看到的最后的焰火是 1973 年的新年。诗人死的那天，韦拉斯科赶回家，发现起居室里有一只老鹰，他打开窗户让老鹰飞走，他不知道老鹰是怎么进来的，因为门窗此前一直关着。聂鲁达曾经说，如果有另一种生活，他将选择做一只鹰。

我们从圣地亚哥穿越安第斯山脉，去门多萨寻访酒庄。而后在圣诞节前返回圣地亚哥。在圣地亚哥一处夜生活最热闹的地方，我找到一家名叫“空中小屋”的酒吧，有歌手在唱歌，屋里和屋外的观众应和着，每个人都处在微醺的状态。侍者穿行，男侍者的围裙上写着格瓦拉的名言，“伟大的爱引导着真正的革命者”；女侍者的围裙是聂鲁达的诗句，“一个吻 / 你就知道了我所有沉默的心事”。聂鲁达的诗适合在饮酒时吟诵，“我的葡萄酒经过你的嘴唇变得更甜蜜”，或者“祖国 / 你像一架苦味的葡萄酒压榨机 / 上面沾染着太多的痛苦”，或者“我不希望鲜血再来侵染面包、赤豆和音乐 / 我只愿矿工、女孩、律师、水手 / 全都跟我走 / 我们先去看场电影 / 然后再痛饮最红最红的葡萄酒 / 我不是为解决问题而来 / 我到这里只是为了歌唱 / 还要求你们和我一起歌唱”。

# 才饮得一杯酒

1982 年的拉菲，这大概是名声最为显赫的一款葡萄酒了，它的售价是多少呢？阿联酋航空公司在迪拜开了一处酒廊，名为“庄园”（Le Clos），汇聚了来自世界各地的好酒。我列几款著名的葡萄酒——玛歌酒庄 1990 年，售价 2 238 美元；2004 年的大拉菲，售价 1 653 美元；1982 年大拉菲，售价 8 332 美元；1961 年大拉菲，售价 3 965 美元；2009 年的一款罗曼尼·康帝，售价 19 444 美元。庄园酒廊很多酒都是摆在货架上卖，这几款酒放在酒廊的玻璃柜子里，颇有镇宅之宝的意思。里面还摆着一瓶贵州茅台酒厂五十年的茅台，售价 4 528 美元。

我参观过不少酒庄，但还是个棒槌。我觉得葡萄酒庄都大同小异，酿酒师说的话也差不太多，要在最短的时间内采摘最好的葡萄，要控制好发酵的时间，获得最好的丹宁释放。这些话听多了，我就充耳不闻，只想着在酒庄里喝两口。可话说回来，酒庄旅行能让我深入认识一个酒庄，看他们的环境，看酒窖，以后再买他们的产品就有一种亲切感。到法国南部朗格多克产区，参观奥希耶酒庄的时候，正赶上“双十一”，我尝着酒，一边听酿酒师介绍他们的历史，一边在天猫上订购了一箱“奥希耶徽纹”。这瓶售价百元的葡萄酒，酒标上有拉菲罗斯柴尔德集团的“五箭”标志。这是我找到的性价比最好的一款酒。

离开朗格多克产区，前往拉菲庄园所在的波亚克地区。有一句谚语是——土壤越贫瘠，老板越富有。拉菲酒窖的入口处竖立着一个两米高的瓶子，里面装的是分层取样的土，按照 2∶7 的比例，反映的就是拉菲葡萄园的土壤状况，也就是说，我们在这个瓶子里能看到七米深的土壤，上层都是砾石，往下是黏土，每一层都有砾石，越往下黏土越多，砾石在上，可以让雨水渗透到底层。土壤层的丰富造就了酒的丰富。拉菲葡萄园一百一十二公顷的种植面积中，按每小块的特质，种植不同的葡萄。目前赤霞珠占 70%，梅洛占 25%，品丽珠占 3%，另外有 2% 的小维铎。这些葡萄株的平均树龄是三十九年，但树龄低于十年的葡萄不会用来酿制顶级美酒，所以用来制造大小拉菲的葡萄，树龄平均为四十五年。虽然拉菲庄园有一小块植于 1888 年的葡萄田，但一般葡萄树龄到八十年便会被拔起另植新株。

拉菲庄园中的会客室和餐厅里面挂着罗斯柴尔德家族的画像，这声名显赫的家族依旧是这里的主人，还会来参与酿酒。不同的葡萄品种在采摘后分别陈酿，到来年 1 月，技术团队开始品尝，决定如何混酿。哪些可以做大牌拉菲，哪些可以做小牌拉菲。酿酒总监舍瓦利耶先生说：“我们不会听从财务总监的意见，虽然他也是一位很不错的品酒者，但他总要求多做一些大拉菲。”拉菲古堡 30% 的葡萄会用来酿造大拉菲，50% 的葡萄会用来酿造小拉菲，剩下的用来生产精选系列。

拜访拉菲庄园，我心心念念的就是那顿午餐。在餐厅里坐下，翻开酒单，拉菲 1990 年赫然在目。此外还有莱斯古堡的两款酒。席间听舍瓦利耶先生闲聊，他说，舌头上的感觉，很难传达。采摘葡萄的时候，我们每天都有详尽的分析数据，但最终还得依赖亲尝葡萄的味道才能做出决定。这种品尝无法解释，不是单靠酸度、甜度去决定，而是取决于整体的平衡，经验至为重要。这位酿酒师说："我们的古堡有两百年的历史。酒评家喜欢我们的酒，那很好。酒评家不喜欢，那也无妨。我们不是为了获奖而生产，我们是要保持拉菲的传统。我有一个很好的朋友，他在玛歌酒庄工作，是那里的总酿酒师。如果我们换一个位置，他到拉菲来工作，我去玛歌工作，也许第一年，我们酿出来的酒都还有一点儿自己的特色，但从第二年开始，拉菲还是拉菲，玛歌还是玛歌，毕竟，决定葡萄酒味道的还是土壤。"

我们这些第一次喝到拉菲的访客，向酿酒师讨教何为拉菲的传统，何为拉菲的精神。舍瓦利耶用一则趣事作答："几年前，我应一位富豪的邀请去巴西，两天之内，那位富豪一共开了一百二十多个年份的拉菲，最早的一瓶来自 1852 年，这些酒有的年份已经不能喝了，但这么多不同年份的酒品尝下来，我无法用具体的味道来形容，但一喝就是拉菲，这就是拉菲的精神。"我惊叹，巴西富豪太任性了，开一百二十个年份的拉菲。同时明白酿酒师的言下之意，酒的味道是喝出来的，不是聊出来的。

离开波亚克地区，我也找到了一款心仪之酒，不是拉菲 1990 年，而是莱斯古堡的白葡萄甜酒。同行者中有一位香港品酒师，名叫斯蒂文，喝过 1953 年的拉菲，他说，他有一个朋友出生于 1953 年，买了 1953 年拉菲，等到他五十三岁生日的时候，请大家喝了。我回国之后，就问周围有没有 1982 年出生的朋友？是不是已经发财了？过了些日子，一位女士打电话给我："苗师傅，听说你想喝 1982 年的拉菲，我这里有一瓶，一直没找到理由喝呢。"

有时候，我真觉得自己运气不错呢。

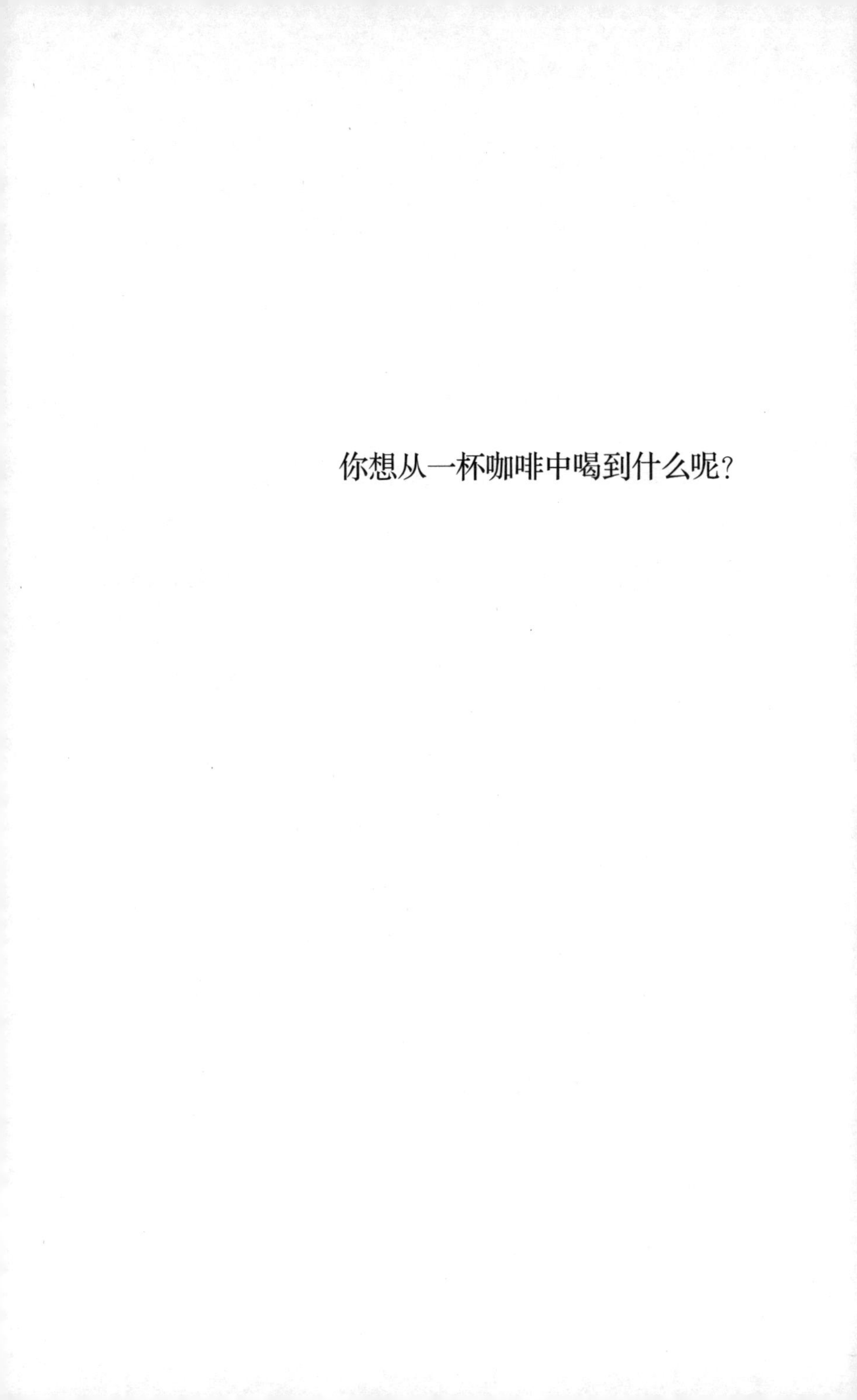

你想从一杯咖啡中喝到什么呢？

在巴塞罗那蒙齐奥街上，我找到了四只猫咖啡馆，不断有游客在门口停下来，打量这座咖啡馆的小门脸儿和拉蒙·卡萨斯的那张招贴画，有个中年妇女负责将游客一一引导入座，非常简略地介绍这家咖啡馆的历史。

很多游客是为了毕加索而来。1899 年，十七岁的毕加索在这家咖啡馆里举办了他的第一次展览，他的画还被用作菜单的封面。实际上，这家咖啡馆和拉蒙·卡萨斯关系更为密切，这位画家早年在巴黎学画，家境殷实，回到巴塞罗那后想按照巴黎黑猫酒馆（Le Chat Noir）的样子搞一个自己的聚会场所。他的生意伙伴叫佩·罗梅乌，罗梅乌曾经在黑猫当侍者，一心想搞个好酒馆，提供价格适中的菜和好音乐。巴黎的黑猫在 1897 年就关张了，还没等到毕加索去那里见识，不过，这家酒馆在巴塞罗那得到了传承，四只猫咖啡馆在这一年的 6 月开门营业，除了咖啡、酒、菜之外，罗梅乌坚信这里还要有“精神元素”，他的艺术家朋友们经常坐在一起讨论问题。在西班牙语中，四只猫就是三五个人的意思，这里曾经来过建筑师高迪、音乐家伊萨克·阿尔韦尼斯等，但三五好友也许难以维持一家酒馆的经营，六年之后，四只猫咖啡馆也关张了。现在这家店在 1978 年重新营业，慕名而来的旅游者在这里喝上一杯，歇歇脚。

在西班牙语中，咖啡主要有三种：清咖啡，加少许牛奶的咖啡，加很多牛奶的咖啡（这就是所谓拿铁咖啡的由来）。不过，发明牛奶兑咖啡的并不是意大利人或西班牙人，而是一位维也纳人，叫库尔奇茨基，在 1683 年抗击土耳其帝国的战争中，他是一位战斗英雄，市议会奖励给他一笔钱和一处房子，还有从土耳其军队中缴获的大量咖啡，这样他在战后顺理成章地开了一家咖啡馆，英文名字的意思是“蓝瓶子咖啡馆”。1694 年库尔奇茨基死了之后，这家咖啡馆也就关张了，不过，他依旧被维也纳人当作英雄，每年 10 月会有一个库尔奇茨基节，维也纳的咖啡馆业主都会把他的肖像贴在窗户上，维也纳如今有一条街道也被命名为库尔奇茨基，街角处有他的雕像。我在维也纳上网查找“蓝瓶子咖啡馆”，发现一个美国商人在 2002 年注册了这个名字，并且把自己的店从加州开到了纽约，这或许是下一个星巴克连锁店。

维也纳全城据说有六百多家咖啡馆，其中几家声名远扬，萨赫咖啡馆、斯班咖啡馆、哈维卡等，不过，游客们更喜欢去的是“咖啡中央”，那里故事最多。

走进咖啡中央，迎面就是阿登伯格的塑像，他坐在椅子上，手放在咖啡桌上，这位作家在这家咖啡馆写作，遇到施尼茨勒，得到赏识，走上文坛，不过，今天人们对他的作品都不太熟悉，却大多知道一句广告语——“我不在家，就在咖啡馆；不在咖啡馆，就在去咖啡馆的路上”。

这句话原本是人们说阿登伯格与咖啡中央的关系，但慢慢演变成阿登伯格的夫子自况。如果世上有些文艺腔调的咖啡馆，愿意在门口竖一块小黑板，写上一句文艺腔调的名言，那么阿登伯格堪称始作俑者。他曾经写下这样的诗句："你如果心情忧郁，不管是为了什么，去咖啡馆！你所得仅仅四百克朗，却愿意豪放地花五百，去咖啡馆！你仇视周围，蔑视左右的人们，但又不能缺少他们，去咖啡馆！"

关于"蔑视左右的人们，但又不能缺少他们"，另外一位咖啡中央的常客阿尔弗雷德·波尔加尔这样写道："咖啡馆里大部分的人，对世人的厌恶，与对世人的渴望同样强烈，想要独处，却需要有伴来独处。"如今咖啡中央的许多桌子都竖着一个桌台牌，标示哪些名人曾经在这里坐过，你在这里喝上一杯咖啡，就有个著名人物伴你独处。

咖啡中央的饮品单子上名目稍显复杂，除了摩卡（Mocha）、卡布奇诺（Cappuccino）、浓缩咖啡（Espresso）外，有牛奶咖啡（Melange），这是一半咖啡加一半搅拌热牛奶，恺撒混合咖啡（Kaiser Melange）是咖啡加生奶油加一个鸡蛋黄，维也纳黑咖啡（Mazagran）是冰咖啡加冰块加黑樱桃酒，阿玛多伊斯（Kaffee Amadeus）显然和莫扎特有关，是咖啡加奶油加莫扎特酒。我挑了一杯店里的招牌咖啡，是咖啡加杏仁酒加奶油，有一句咖啡名言："只有爱尔兰咖啡能在一小杯里提供四种食物元素——咖啡因、酒精、脂肪、糖。"我这杯招牌咖啡里也有了这四种东西。早上的咖啡中央坐了八成满，店里依然有报纸架子，不少人是来吃早点的，一份面包加一杯咖啡，这和我们早上吃豆浆油条是一个意思。

从本质上来说，咖啡也是一种豆浆，咖啡本是一种浆果，去除果肉之后剩下咖啡豆，研磨成粉，再用各种手段做出“咖啡豆浆”。在旅行的时候，我们会去拜访一家著名的咖啡馆，想象文人墨客在这里聚会的情景，但我们喝咖啡的时候，会注意咖啡油脂是否呈现橘黄色，会看奶泡是否细腻，会留意苦味与酸味、醇厚度的平衡。

从维也纳到苏黎世，自然要去著名的欧迪翁咖啡馆看一看。这家咖啡馆就在苏黎世湖边，列宁流亡瑞士时经常在这里下棋，他看不上瑞士贪图安逸的小市民气息。这里的著名客人还有爱因斯坦和流亡于瑞士的詹姆斯·乔伊斯。有旅游指南说，达达主义发祥于这间咖啡馆，实际上，第一次世界大战期间在苏黎世躲避战乱的艺术青年更多是在附近的伏尔泰酒馆聚会。欧迪翁咖啡馆正在准备庆祝自己开业一百周年，在这里喝上一杯之后，我打算步行到伏尔泰酒馆去，没走出二十米，就看到一家阴魂不散的星巴克。按照欧洲人的看法，星巴克提供的是平庸的咖啡，资本的味道比咖啡的味道要浓重。而四只猫、咖啡中央和欧迪翁咖啡馆的价格，都要比欧洲咖啡店的平均价格高一些，这个附加值就是所谓咖啡的“文化意义”，在毕加索、茨威格、爱因斯坦喝过咖啡的地方喝上一杯，就要多付出一到两个欧元。

可是，你想从一杯咖啡中喝到什么呢?

# 一个完美的读书地方

国王街上，基督圣体学院的一角，行人们走到这里都会被一座镀金的钟表所吸引，驻足观看，这座钟最夺人眼球的是顶端一个怪异的蚂蚱，它在一秒一秒地吞噬时间。2008 年秋天，斯蒂芬·霍金,《时间简史》的作者，为这座名为“时间吞噬者”的钟举行了揭幕仪式。这座钟的设计者约翰·泰勒 1950 年代就读于剑桥的基督圣体学院，他把这座钟当作送给学院的礼物，“时间是毁灭者，一分钟过去之后就永不会再回来”。

2009 年是剑桥大学的八百周年校庆。剑桥的第一所学院是彼得豪斯（PETERHOUSE），建立于 1280 年，原名为“伊利大教堂主教学者学院”。从剑桥开车出去三十分钟，就到达伊利，那座雄伟的教堂依旧是市内最辉煌的建筑，当年的伊利主教想让学生们在一个偏僻的沼泽地带安静地念书，将他们安排在三十英里之外那个叫“剑桥”的地方。几百年来，彼得豪斯的功能没有发生任何变化——给学生们提供食宿，而剑桥的学生起先是学习神学、哲学、数学，慢慢地，他们学习的领域逐渐扩展，生物、商业、计算机。剑桥的数十座教堂演绎着英国宗教的争端与变化，众多国王的塑像和旗帜也是权力更迭的历史痕迹，但对于年轻人来说，求学的精神从没有过变化。17 世纪的一位《圣经》学者，其职业生涯是这样被描述的："他用日常讲座使学生打好了人文、逻辑和哲学基础，通过交谈明白了他们的天资更适合何种特定的学习之后，提出自己的建议。一旦他们能够独自学习，便给每一个学生布置日课，但决不把自己和学生禁锢在时间精确的讲座里。"

剑桥大学副校长艾莉森·理查德说，"我们的声誉在很大程度上是基于一些特定的地理和历史的因素：剑桥，英格兰东部，英国。"她在多次演讲中不断强调剑桥的特色——本科生教育，学院制，强调剑桥大学的价值观，"一所杰出的大学，其宏大而明确的抱负，是在知识的所有主要领域达至卓越"。

用三言两语来概括剑桥并不容易，数百年来这样的评语层出不穷，19 世纪三一学院的一位院长这样说："作为一个学习的地方，剑桥难逃沉沦的命运；作为一个三流的水上运动场，它的未来不可估量。"一位勋爵这样说："一所学院除了好教授之外，还需要一个好的花园。"一本小说里这样说："这座城市里的石头、彩色玻璃、溪流、草地、树木和花朵被安排得如此错落有致，以便于更好地学习，面对这么一座城市，你怎么能无动于衷？"

然而，剑桥大学最令人着迷的地方还是小说家福斯特描述的最为恰当——"精神和肉体，理智和情感，工作和玩乐，建筑和风景，欢笑和严肃，生活和艺术，这些对应物在别处是对立的，在这里却融为一体。人与书籍互相支持，智慧与情感携手并行，思索成为一种热情，辩论因痴迷而意味深长”。

## 毕业典礼

2002年的一天，丁理在一间黑暗的教室里看见国王学院礼拜堂的尖顶，那是一堂电影课，放映《火的战车》，新生哈罗德正乘坐出租车驶过1919年剑桥的街道，而丁理的兜里正揣着一份去剑桥读书的申请表，想着在这堂电影课之后请外教老师写一封推荐信。《火的战车》讲的是剑桥学生参加奥运会的故事，哈罗德到了学校之后，就打破了庭院赛跑的纪录。庭院中的赛跑是三一学院的传统，相传要在盛宴之后，穿着全套的礼服，在正午钟声二十四响之内沿庭院跑完一周，也就是四十三秒之内跑完375米，奥运选手，现在的伦敦奥运会组委会主席塞巴斯蒂安·科曾经参加过这个比赛。

剑桥大学的许多传说都与学习无关，三一学院的正门口上方有亨利八世的塑像，他左手拿着一只金色圆球，右手本来是执着权杖，但被调皮的学生换成了一条桌子腿。对于有夜间攀爬癖好的学生们来说，换掉国王手中的权杖并不是一件困难的事。《夜间攀爬者》一书在剑桥随处可见，这本书详细地指导了剑桥每一座标志性的建筑该怎么爬上去，记录了多年来在夜间攀爬中留下传奇的学生。1978年6月13日凌晨四点三十分，两名学生爬上了剑桥大学图书馆的钟楼——剑桥目前的最高点，五年之后，其中一人——皇后学院的博士杰弗逊，在秘鲁攀登阿特森拉杰峰时遇难。1958年的某一天，学校的评议堂，楼顶上摆着一辆奥斯丁牌小货车，校行政人员和救火队员商量着怎么把这辆车挪下来——肯定是工程系的学生，将这辆车拆成零件，到屋顶上又组装起来。

更负盛名的一项运动是划船，徐志摩的诗——“撑一支长篙，向青草更青处漫溯”。还有充满仪式感的晚餐。还有五月舞会，每年6月的毕业舞会——男生穿燕尾服，女生穿礼服，彻夜狂欢，坚持到凌晨六点的人直接坐火车到伦敦，从伦敦坐火车穿越海底隧道抵达巴黎，在巴黎吃一顿醒酒的早餐——这顿巴黎早餐因太过奢侈而广遭批评，现在已经少见。据说，能免费进入舞会现场是件值得炫耀的事情，真有人里面穿着燕尾服、外面套着潜水服在剑河里待上好几个小时，就为了混进舞会现场向别人吹嘘他没买票。

丁理如今已经在北京的一家外企工作，她说，每年6月底，剑桥接连三天举行的盛大毕业典礼，堪称整个城市的节日。“我所在的圣埃德蒙学院管理严格，首先要毕业生持所在系开具的学业证明向学院提出正式申请，得到批准后自动获得三张毕业典礼入场券，可邀请亲友前往。其后不久学院负责礼仪的教师会发来信函，讲解参加典礼的着装要求。此后教导室还会发信，三令五申典礼当日各项程序的重要性。”

典礼当天，丁理的妈妈花了半天时间帮她打理。毕业生统一先在学院礼拜堂集合，按照预先排好的队形，在主持老师的带领下，向评议堂出发。当这一群群学生穿过剑桥的街道，行人纷纷让开道路，忙碌的工作者也会停下手上的活计，大家目送着他们经过。丁理说：“当我穿上黑色长袍，背脊就情不自禁挺直了，神情举止也端庄起来，我也成了剑桥历史中的一分子，分享着牛顿、达尔文、拜伦的荣耀。”

那看上去清一水的黑色学袍大有讲头，袍子的长度、袖了、丝带、帽兜、扣子等部件都会因学院、专业、年龄和学位的不同而有所区别，其烦琐程度即便是穿上的人也难以说清楚，如果有人穿着一件极其破旧的学袍去参加典礼，那便是他祖辈当年在剑桥读书时留下的遗物。这个典礼也自有其论资排辈的一面，第一天上午参加典礼的是三一学院、国王学院这样历史悠久的大学院，等到第三天，评议堂的草坪已经被践踏得有些苍凉之时，丘吉尔学院、菲茨威廉学院这些新晋学院的学生们才开始典礼。这样的“不平等”也是一项“剑桥传统”，每年发放考试成绩也是在评议堂，各系学生都会在公告栏里看见自己的成绩，唯独数学系，成绩单是从二楼扔下来的，为什么他们这么特殊？也许因为他们有牛顿。

在丁理的记忆中，毕业典礼是庄重、肃穆的，手执权杖、头戴方巾的院士依次从右首的一扇门进入大殿，簇拥着一位身着红袍、外裹羊毛毡披的老者，那就是主持毕业典礼的副校长。站在校长左方的礼仪官手持名册，念学生的名字。整个典礼用拉丁文进行，许多学生除了自己的名字外，一个字也听不懂。学生们四个一组，被念到名字时与主持老师缓步上前，主持老师摘下帽子，向校长深施一礼，把帽子扣在胸前，朗声念出一段拉丁文，大意为：尊敬的校长及大学，这几位学生的才能和品德都值得授予学士（或博士或硕士）学位，在此我可以向您和整个大学发誓。

赵凤仪毕业那天，穿错了鞋子。“我进评议堂的时候，有人不让进。我问，为什么不可以，我今天要毕业，父母都从加拿大来了。他说，不行，你的鞋子是塑料底。规定是这样的，鞋子必须是皮质的，必须黑白。然后他问我穿几号的鞋？就帮我借了一个男生的鞋。结果，我毕业的时候，穿的是另外一个人的鞋。因为这个，我所在的皇后学院还被罚款，他们要送给学校的行政人员十二瓶葡萄酒——是的，不要钱，就要酒。”

赵凤仪是英国-加拿大人，在马来西亚出生，之后搬到香港，接着再搬到加拿大，然后又搬回英国。1999 年，她从澳大利亚的哥伦比亚大学毕业，去剑桥读博士。“剑桥有很多奇怪的传统风俗，毕业典礼就非常奇怪。毕业生都要握着校长的手指，每人一只，没人去握校长的大拇指。可能是没有人喜欢去握人家的大拇指，所以，一次只能毕业四个学生。这个场景非常滑稽，你穿着长到地上的袍子，还得握着另一个人的手指，并持续很长的时间。”

## 学院制

到达剑桥的旅游大巴大多会在皇后街停下，游客们沿银街走上三分钟就能看见剑河，以及剑桥的标志性建筑——皇后学院的数学桥。每年 6 月，会有很多参加完考试的学生从这座桥上跳入剑河游泳。剑河中来来往往的都是乘船的游客，划船沿剑河而行，右手边可以看到国王学院，左手边便是国王学院的“后花园”，经过克莱尔学院桥，左手边的克莱尔学院花园幽静迷人，然后是圣约翰学院的叹息桥，到达耶稣绿地旁的水坝折返。由这道水坝再往前，才是剑桥大学各个学院的划船队训练的水域。

如果没时间乘船，那就沿银街向前，到国王街，马上就看到了剑桥另一个标志性建筑——国王学院的礼拜堂，亨利六世建造这所学院之初，是为了接受伊顿公学的毕业生，直至 1865 年才有第一位非伊顿公学的学生入读。学院建筑显示出王室的气派，但那座礼拜堂刚开始修建，玫瑰战争就打响了，王室资金紧张，直到亨利八世时，礼拜堂才修建完毕。如今，让这所礼拜堂闻名天下的是国王学院唱诗班，每年圣诞夜，BBC 都会转播国王学院唱诗班在礼拜堂中的演出。如果时间凑巧，游客们有机会听到唱诗班的晚课。

走进国王学院的庭院，穿过剑河，来到后花园，就能看到徐志摩的诗碑，一块岩石上刻着他那句“轻轻的我走了，正如我轻轻的来”。徐志摩当年到国王学院听课，但并没有在这里拿到任何学位。这所学院最受推崇的毕业生是经济学家凯恩斯，学院旁有一过道名为“凯恩斯过道”，小说家 E. M. 福斯特终老于国王学院。

沿国王街继续向前，就是举行毕业典礼的评议堂，然后是冈维尔与凯斯学院，这所学院中最著名的院士是剑桥大学一个智力的象征——斯蒂芬·霍金，学院中的斯蒂芬·霍金楼，是剑桥标准最高的学生宿舍，从 2006 年 10 月起为本科生提供住宿。学院的三道门分别叫作“美德”、“谦逊”和“荣耀”，“荣耀之门”正对着评议堂，只有毕业典礼或哪一位院士去世，这座门才会打开。

所谓“学院”，最主要的功能就是学生宿舍、食堂、教堂和图书馆。国王学院由亨利六世创建，冈维尔与凯斯学院 1348 年由冈维尔牧师创立，约翰·凯斯医生在 1557 年至 1559 年担任学院的院长，他为学院提供了大量的资金，并扩建了学院的建筑。这所学院有良好的医学传统，因为第一个详细论述血液循环的威廉·哈维就是这所学院的院士。这些古老学院构成剑桥绝对的“市中心”，老学院的大多数宿舍都提供给本科生和院士居住，申请进入剑桥大学学习的人同时要向某一个学院提出申请，学院可以接收各个专业的学生，这样不同专业的学生住在一起，旁边就住着院士，以形成一种“复杂的生态”。只有三所英国大学采用这样的“学院制”，我们可以这样来理解——学院是一种私有制，每个学院都有自己的传统，自己的财产，比如三一学院就是英国的大地产商，他们计划买下伦敦的“千年穹顶”，出租场地举办音乐会，他们在法国有自己的酒庄，是剑桥最富裕的学院，冈维尔与凯斯学院是剑桥大学历史上的第四古老的学院，也是目前第三富有的学院。而大学是一种公有制，大学由各个系构成，各系的建筑散落在剑桥市的周边地区。一位剑桥博士这样说：“在这里拿个博士没什么特别的，但如果你是从伊顿公学、拉格比公学毕业，在剑桥或牛津读了本科，那就很特别了。这说明你在人生最关键的成长期接受了最好的教育。至今英国还有‘剑桥帮’‘牛津帮’‘伊顿帮’的说法，可见一所中学也会很了不起，奥威尔怎么样？伊顿公学毕业，没上过大学，也没拿过博士。”剑桥的学院的确把老宿舍留给了本科生，三一学院、冈维尔与凯斯学院和圣约翰学院感到研究生人数过多带来的压力，在1964年联合出资创立了只招收研究生的达尔文学院，名称是为了纪念达尔文家族，而达尔文本人毕业于剑桥的基督学院。

剑桥在1869年建立了只招收女生的格腾学院，距市中心达四公里，之所以这么远就是为了让女生躲避剑桥男生的骚扰。格腾学院直到1977年才接收了第一个男院士，1979年才开始招收男生，学院院长史翠珊女士（Marilyn Strathern）这样向我们解释“学院制”的特色，“大学的各个系，主要是以讲课的方式介入学生的生活，而对许多学生来说，学院的老师才起到督学的作用，各系图书馆是学生们的专业需要，各学院的图书馆是学生们自学的需要，学院对学生起到‘看不见的教育作用’，不同专业的学生住在一起，分享各自的兴趣，划船队、晚餐、戏剧社都是由学院来组织的，学院制就是要让学生们生活在一种‘复杂性’之中，生活从来不应该是统一步调和统一框架下的，要让学生们有一种在不同场合转换自己的能力，一个人有许多侧面，但还是一个完整的人，学生们必须在一种‘复杂性’中生活，才能认识一个超越大学的世界”。

1871年建立的纽纳姆学院是目前剑桥大学唯一一个只招收女生的学院，学院的导师（Senior Tutor）阿普特女士（Terri Apter）说：“纽纳姆学院现在还只招收女生，我们会把这个传统保持下去。剑桥本科教育的特别之处是，除了系里面的讲课之外，学院会安排‘督学’，也就是由富有经验的老师组织上讨论课，在其他一些大学，有经验的老师给学生讲课，小组讨论则由研究生代课。剑桥不是这样，剑桥各学院的老师会起到‘身教’的作用，但这不是给学生树立一个‘道德模范’，教师应该向学生展现如何思考，如何提问，如何开展研究，如何寻找证据，如何辩论，让学生想得更远。”

## 三一学院

国王街终止之处，就是三一街的起点。在评议堂对面，是剑桥大学出版社书店，或者说是剑桥大学出版社读者服务部，在这个书店转上几分钟，最震撼的一个书架是“剑桥历史”，我们都已经很熟悉那套“剑桥中国史”，从秦汉一直到“剑桥中华人民共和国史”，煌煌十余册，但只是书架的一排。“剑桥中世纪史”“剑桥伊朗史”“剑桥东南亚史”“剑桥俄罗斯史”等同系列史书排在一起，俨然是一个历史方阵，如果二十四史需要一个专门的书柜来陈列，那么剑桥品牌的世界历史也需要一个专门的书柜。

走到三一街上，就看到剑桥更著名的一个书店——1876年威廉·赫弗创办的赫弗书店，现在属于布莱克韦尔书店，但还保留着赫弗书店的原名，书店橱窗里陈列的图书都和剑桥有牢固的关系——霍金的《时间简史》，世界上每一个追求智力生活的人大概都买了这本书；现任三一学院院长马丁·里斯的《六个数》，这位天体物理学家的这本著作 1999 年全球二十六种语言同步出版；泰德·休斯的《生日书简》，这位诗人当年在彭布罗克学院的宿舍里经常留宿女生，并且将她们洗完的内衣晾在窗外。橱窗里没有小说——伊夫林·沃的小说《旧地重游》在英国许多书店里都有数个版本，那是一本和牛津大学有关的小说。但剑桥没有一本能和《旧地重游》相比美的"剑桥小说"——剑桥有小说家福斯特、纳博科夫、拉什迪。纳博科夫在《说吧，记忆》里谈论过剑桥的生活，他从来没有去过大学图书馆，连打听图书馆在哪里都没有，"我不清楚，有没有人前来剑桥大学，寻找我的足球鞋钉在黑色泥地里留下的痕迹，或调查我穿过庭院前往我的导师的楼梯时留下的影子，但我走过那些令人敬仰的墙壁时，我比游客更饶有兴趣地想到了弥尔顿"。

在赫弗书店转上半小时，出门之后，走上几步就看到了三一学院。剑桥有时候会骄傲一下，告诉游客，这所大学出的诺贝尔奖得主比整个法国或者整个德国都要多。在牛津和剑桥的诸多学院里，三一学院的诺贝尔奖得主最多，至今共有三十一位，这所学院无疑是剑桥最富有、声名最显赫的学院，门口右侧的草坪上种着一棵苹果树，那就是"牛顿的苹果树"，牛顿是在家乡的苹果树下被掉下的苹果砸到了脑袋，然后提出了"万有引力定律"，三一学院门前的这棵苹果树是 1954 年从牛顿家乡林肯郡栽植过来的，几乎不结果。

牛顿当年居住在三一学院大庭院的 E 单元，每周都有人提出要进入那个房间拍摄，但那里依旧作为院士的宿舍在使用。牛顿的塑像是第一个被搬进学院礼拜堂的，随后有培根、拜伦等人的塑像被送入礼拜堂或图书馆。剑桥大学计算机教授罗斯·安德森说：“正如火灾使森林获得新生，一所杰出的大学也使人类文化获得新生——我们对世界的看法和理解都发生了改变。剑桥大学一直是最热的喷火器，牛顿、达尔文、DNA，都改变了人类对世界的看法，剑桥在整个人类历史上是最富有创造性的破坏性机构，那些最具有深远意义的创新发生在自然科学领域，出现在17世纪的培根、牛顿及其同时代人之中。”

三一学院雷恩图书馆的屋顶上伫立着四座石像，代表的是四门最古老的学科：神学、法学、物理学和数学。图书馆中有五万多本1820年前出版的图书，这里保存着弥尔顿的手稿，也保存着《小熊维尼》的手稿，该书作者米尔恩是三一学院的学生，维特根斯坦的遗作和手稿也保留于此。福斯特在一篇小说中这样谈论三一学院——人们既无法忽视他骄傲的光彩，也不能否认他的优势，虽然这里几乎没人费心思去强调他。我们来强调一下，《金枝》一书的作者詹姆斯·弗雷泽是这里毕业的，“科学家”这个词汇是1840年由三一学院的院长创造出来的，麦克斯韦是这里毕业的，哲学家怀特海、罗素、维特根斯坦也属于三一学院。

拜伦之外，三一学院还有一位伟大诗人，丁尼生1838年写过这样一首诗——“我走过长长的酸橙树甬道 / 去看看他住过的房间 / 门上是别人的名字 / 我徘徊不前，里面一片嘈杂声 / 男孩们拍掌、干杯、跺着楼板 / 我们曾在那里辩论过 / 一群年轻的朋友 / 争辩思想、艺术 / 工作和改变了的集市 / 还有国家的整个体制”。如今，丁尼生的塑像也竖立在雷恩图书馆内，注视着一代又一代年轻人在这里学习和思辨。

罗素在自传中描述过自己初到三一学院的经历，他不知道厕所在哪里，也不好意思向别人询问，他经常因为性的冲动而在深夜跑步，他说在剑桥的最大收获是“一种智力上的真诚”。然而，就是因为这种真诚，罗素曾被三一学院开除——他反对英国参加第一次世界大战，发表了过多的和平主义言论。

罗斯·安德森教授认为，三一学院开除罗素是干涉“知识自由”，他说：“我们该如何让剑桥保持名列前茅？从历史中获得的重要教训是，学术的自治和知识自由是很重要的。在不同的历史时代，教会或者国家都曾试图对我们进行干预，要控制我们。这些措施从未取得过预期的效果，但往往在一段时间内令我们停滞不前。剑桥从一开始就是一个学者的自治社会，而不是像诸如博洛尼亚大学那样起源于那种学生联合起来聘请教师的社团。时间已经证明我们的模式是最好的。”

暑假之中，大门上贴着一则告示：只对本学院院士和学生开放。这就把游客及其他学院的学生挡在了门外，这所学院的院长还要由王室任命，新院长到任之时，要在门口把委任状交给门房，门房将委任状送到院士集聚的会议室，然后院士们排队去打开大门，将新院长迎接进来。如果你被这样的礼仪传说所震慑，很可能就错过了参观三一学院，事实上，直接推门进去也未必受到什么阻拦，拜伦在这里上学的时候，学院规定学生不得养猫、狗之类的宠物，于是他就养了一头熊，牛顿在庭院里测量声音的速度，他在这里生活过三十五年。爱德华三世塔楼上的钟声每半个小时就敲响一次，好像在提醒你几百年来时间都是以固定的步调流逝，而从来没有一个地方如此密集地汇聚着如此多的精英。

## 老鹰酒吧

从皇后学院到三一学院，专心走路的话，也就用五分钟的时间。如果走得快一些，能走到圣约翰学院门口。这是剑桥最为核心的一条路。在每年发放给新生的“剑桥小词典”上，是这样解释“长距离”的——在剑桥走路超过五分钟的，就算是长距离了。这部小词典是这样解释“剑桥”的——这是个形容词，用来形容那些特别有个性的学生的生活，他们总做出某些极端的事情。“NARG”——指那些刻苦读书、长相难看、穿着差、社交有点儿障碍的男生。“辛蒂”——这不是人名，而是指剑桥唯一的一家夜总会，经常带有贬义。“国王路跑步”（KING STREET RUN）——这不是真的跑步，国王路比国王街（KING’S PARADE）长，这项运动是指，在这条街道上的每一家酒吧都喝上一杯啤酒。

剑桥的土地几乎都为各个学院所拥有，学院自然不愿把自己的产业出租给夜总会，更不要说色情场所。但这座十万人的小城拥有两百余家酒吧，剑桥学生曾经手绘“剑桥酒吧地图”，标明各个酒吧的位置，号称要在大学期间喝完所有的酒吧，但并没有记载哪一个学生曾经完成这项壮举。事实上，各个学院的酒吧就是喝酒的好去处，外面的酒吧一杯啤酒两镑，那学院里的啤酒只卖一镑，让学生喝到便宜的啤酒是一项学生福利。当然，到各个学院的食堂去吃饭，看看哪个学院的伙食最好，是学生们乐此不疲的事。

剑桥最著名的酒吧可能是“老鹰酒吧”，暑假期间，这里到晚上依旧座无虚席，而旁边的另一家“巴斯酒吧”则门可罗雀。老鹰酒吧的传奇之处在于，1950 年代，弗朗西斯·克里克和詹姆斯·沃森经常在本尼特街上的这家酒吧吃午餐，他们以卡文迪许实验室为基地，建立了 DNA 结构的模型。在《双螺旋》一书中，沃森提到，1953 年的一天，克里克冲进老鹰酒吧，大声宣布“我们已经发现了生命的秘密”，沃森觉得，这样说为时尚早。但克里克在自己的回忆录中说，他不记得自己曾这么冲动。不论当事人如何记忆，这家酒吧的一张桌子背后的墙上已经镶嵌了一块铜牌——“克里克和沃森在这里宣布 DNA 的双螺旋结构”。在这张桌子前抬头望去，天花板上是第二次世界大战的遗迹，英国和美国飞行员用打火机和蜡烛在天花板上烧出自己的名字和部队番号，他们从剑桥附近的一个军事基地出发去轰炸德国。

离老鹰酒吧两百米远，就是老卡文迪许实验室，一块铭牌这样记录——“1897 年，J. J. 汤姆逊在这里的老卡文迪许实验室发现了电子，后来它被确认为物理学的基本粒子，这是电子学和计算机科学的基础”。卡文迪许实验室 1874 年由麦克斯韦创建，并担任卡文迪许实验室物理学教授，1974 年，实验室搬迁至剑桥西部的“科学园区”。

在老鹰酒吧里，物理系博士生“李白”告诉我：“这次搬迁改变了卡文迪许的风水，这里一共产生过二十八个诺贝尔奖得主，但搬到西边之后，地方是大了，但好像只拿过一个物理奖了。约瑟夫森教授是 1973 年拿的诺贝尔奖，他是三一学院的学生，计算出超导结的隧道效应时还是研究生二年级学生，现在我每次在草坪上怀疑人生的时候，老能碰见约瑟夫森，老头儿也在那儿怀疑人生，他现在发表的论文是《超自然证据及其对意识的含义》，就是说，他主要研究人间有没有鬼，特异功能到底是怎么回事。”

在银街之上，有一家名叫“ANCHOR”的酒吧，入口之处也挂着一块铜牌——“1960 年代，这里经常举办爵士音乐会，当时西德·巴雷特经常来这里听音乐”。西德·巴雷特生于剑桥，但他没能在这里读大学，他是伦敦一家工艺学校的学生，搬到伦敦之后，他创立了平克·弗洛伊德乐队。2006 年，西德在剑桥的家中去世。“李白”博士带我转战 ANCHOR 酒吧，继续讲述卡文迪许实验室的八卦，“剑桥物理系最大的失误是放走了玻尔，玻尔当年想在卡文迪许实验室做研究，但不知道怎么，剑桥没有收留他，他在剑桥踢了几个月的足球，就转到曼彻斯特去了”。从 ANCHOR 酒吧转战 GRANTA 酒吧，这个名字我还算熟悉，GRANTA 本是剑河的一条支流，也是剑桥一本文学杂志的名字。

豪饮之风也是学院间的传说，莫德林学院的划船队，入队仪式就是连干三品脱啤酒，第三杯中掺入威士忌。走在剑桥的街上，也经常能看见酒铺，售卖各种葡萄酒，许多酒瓶子上贴着学院的标签，表明这是某某学院特制的酒。中国社科院文学研究所的陆建德先生，1983 年从复旦毕业后去剑桥读博士，他对剑桥的酒文化印象颇深——许多老教授的书柜后面就放着一排一排的空酒瓶。有些老师的酒量很大，一个没有多少人参加的讨论会开完，可能十瓶葡萄酒就没有了。

赵凤仪在剑桥期间曾经担任“剑桥品酒队”的队长，“每个礼拜我们会开一个盲品会，打开十二款酒，大家一起品，然后讨论酒的品种、年份、葡萄种类、地区等。每年的春天，我们跟牛津有一个盲品比赛。赢得比赛的人可以去法国旅游。盲品所用的酒来自赞助商。据我所知，没有几个大学有这种盲品比赛。这个比赛从 1952 年开始，有几十年的历史了。但在剑桥，这个比赛太现代，太时髦了”。

一万六千多个年轻学生的豪饮场面，酒风该多么浩荡。相比之下，抽烟好像已经过时了，在玫瑰花街（Rose Crescent）街角 FCUK 商店外的墙壁上，还有一块铜牌，上面是剑桥学生 1862 年作的一首诗，名为“烟草颂——献给烟草行”，有中国访问学者试译全诗，其中有这样几句，“你使晨曦增媚，你使午餐填味，黄昏之乐尤最”“我有五六兄弟，抽烟无妨友谊”。一百年前，身着学袍抽烟是违反校规的，如今，学院里全面禁烟，即便花园里也不能抽，据说，剑桥学生大多遵循此规定。

## 大学城

同济大学城市规划学院副教授田莉女士是剑桥土地经济系博士，在她看来，剑桥最独特的地方就是，大学和学院对城市的建筑、景观和社会生活占有绝对的统治地位。牛津虽然历史更为悠久，但由于周边汽车工业的发展，牛津的人文氛围遭到侵蚀。她说：“MINI 车产自牛津，这就带来很多蓝领就业岗位，相比之下，剑桥周边的企业大多是学校的科技创业型企业，基督学院对面的那家大购物中心，四万平方米的面积，当年兴建之时也反复论证过多次。”

田莉介绍说，多年来，剑桥大学的学生以及大学雇员的总数一直占剑桥市总人口的 30% 左右，20 世纪上半叶，剑桥人口从 1900 年的 6.25 万增加到 1950 年的 10.4 万。1950 年的剑桥规划认为，应该控制人口规模，保持剑桥舒适宜人的生活环境，同时要让大学相关人口占据固定的比例，避免出现牛津汽车产业从业人口暴涨的现象。2002 年全英人口普查表明，剑桥总人口约 10.88 万，其中 28% 为剑桥学生和大学雇员。这显示出，五十年前剑桥城市规划的长远战略眼光，和此后五十多年城市管理的有效贯彻。“当然，这也带来一个问题，那就是剑桥的房价很贵，几乎与伦敦不相上下。”

福肖先生（Alec Forshaw）1950 年代在剑桥长大，2003 年母亲去世，他在收拾老房子的过程中翻出了家庭相册、剪报本，然后动笔撰写一本自己的剑桥回忆录。他说，有关剑桥的历史书有太多了，但这一本是关于在这个城市里度过童年时代的书，它会让读者发现，生活已经发生了很多变化——直到 1958 年，剑桥的牛奶还是靠马车运输，每天早上七点之前送到每家每户的门口。那个时候，市中心的两家大型超市还没有开张，集市街附近是一家一家的小商铺，你要花几个小时排队买奶酪，再排队买肉，再排队买咖啡。1969 年，福肖先生进入剑桥的耶稣学院读地理，他说："在自己家门口上大学是什么感觉？街道的确很熟悉，但还是像进入了一个不同的地方。上大学是打开了一个新世界。我的父母都不为大学工作，所以我对剑桥大学并没有家庭的亲近感，我的确在好多学院的花园里玩耍，但从来没有进入过学院的建筑物，在被耶稣学院接收之前，我只去过那里一次。"

耶稣学院在集市街之东，守着市中心的一个角落，以庭院中陈列的艺术品为特色，在安静的午后步入耶稣学院，能立刻发现它与国王学院、三一学院截然不同的气质。这里原本是一家修道院，15 世纪时被改造为剑桥的一所学院，但还带着一丝静修的气氛，因为仲夏绿地和耶稣绿地这两大块草坪就在学院旁边，学院操场两倍于校舍面积，依次有足球场地、网球场地、板球场地、橄榄球场地、射箭场地和体育馆，剑桥许多学院的体育场都在城外，能在宿舍之外拥有这几片球场是难得的奢侈。庭院中有三两妇女对着学院收藏的雕塑临摹，出资收藏雕塑的主意是 1980 年代担任耶稣学院院长的一位考古学家提出的，他认为，考古和艺术是相互关联的。

福肖先生还记得 1950 年代丘吉尔到访剑桥，为新创建的丘吉尔学院栽种一棵树，这所新学院的建立是为了比肩麻省理工学院，为英国培养更多的理工人才。新学院的出资者也并不全是丘吉尔这样的大人物。1981 年，英国女王为罗宾逊学院主持创建仪式，罗宾逊原来在剑桥一家自行车商店工作，尽管剑桥自行车是主要交通工具，但并不可能让他赚太多钱，他后来成为赛马场老板，发财之后创建了以自己家族命名的新学院。这些新学院大多在城市的西郊，而与耶稣学院在城东比邻的是西德尼·苏塞克斯学院和基督学院。

这两所学院各有两位出名的校友，基督学院的庭院之中有一棵“弥尔顿桑树”，有一条“弥尔顿小巷”，这自然表明弥尔顿在基督学院的地位，另一位校友的身影在剑桥随处可见，那就是达尔文。2009 年适逢《物种起源》发表一百五十周年，所以菲茨威廉博物馆等地方都在举办有关达尔文的展览。西德尼·苏塞克斯学院的两位著名校友是克伦威尔和福尔摩斯，学院门房中出售两本小册子，讲述这两人与学院的关系。据说，西德尼·苏塞克斯学院经常闹鬼，学生们相信，是克伦威尔的幽灵总要回来看看，这位革命者在学校里并不认真学习，父亲病故后他也辍学在家。克伦威尔死后，保皇党将他的尸体从西敏寺挖出，斩首，1661 年，首级悬挂于西敏寺上方示众。这番死后不得安宁的折腾也许是闹鬼的起源，奇妙的是，人人都相信。1960 年，西德尼·苏塞克斯学院找到了克伦威尔的首级，经过一系列科学验证，证明那的确是三百年前的那个革命家的头颅，头颅被埋葬在学院礼拜堂附近，只有院长和财务主任知道确切的地点。这则故事多少还有些影子，克伦威尔的肖像画的确挂在学院食堂里，每逢有皇室成员到访，总用帘子再把他遮起来。但福尔摩斯就读于该学院的考证则完全是创作，不过，这位虚拟人物能在伦敦的贝克街上拥有一处“故居”，自然也不介意被当作西德尼·苏塞克斯学院的校友，在这里研读过生物学和解剖。

## 学　习

莎拉·埃尔森如今在伦敦的一家法律事务所工作，1990 年至 1993 年在基督学院攻读社会学，随后又拿到一个法律学位。她说："我觉得，剑桥的教育观念更多是培养学生的思考方法和精神生活习惯，而不是实际技能培训。剑桥许多的老师的确拥有世间最聪慧的头脑，如果我现在回到剑桥读书，收获肯定比我十九岁时去更大。"

莎拉在音乐会上演奏大提琴，参加过话剧演出，但在剑桥最骄傲的事情是 1993 年作为学校女子轻量级划船队的一员击败了牛津队，这是六年来唯一一次胜利，她和她的丈夫就相识于基督学院的划船俱乐部。"我们生活在那么美丽的地方，有很多美丽的记忆，我们从船屋骑车去听课，一起逛酒吧，在花园散步，在重新调整自己以适应这个真实的世界之前能有那么一段时光真是幸运。"

剑桥大学博士朱莉娅·洛弗尔如今也生活在伦敦，担任伦敦大学历史系教授，校舍位于伦敦布卢姆斯伯里，紧邻大英博物馆和大不列颠图书馆，她说："我离开剑桥的原因很简单，剑桥大学不能给我提供一个终身教席，剑桥的传统是每个领域只有一个教授，尽管这些年来教授的席位在增加，但在那里获得一个终身教席还是不容易。在我博士毕业之后，我在剑桥度过了四年愉快的教学生涯，我喜欢那里，我的丈夫还在剑桥大学的英语系工作，所以我能同时享受剑桥宁静的生活和伦敦的生活。”

朱莉娅·洛弗尔在剑桥读中文，她说，做这个选择不是因为李约瑟或者哪位汉学家的影响，而是她在某一年的圣诞假期看了一部007电影，影片中邦德有这样一句台词——我在剑桥学东方学。“我想，这是我唯一能和詹姆斯·邦德一样的地方，所以我就从历史系转到东方学系。系里的老师很好，剑桥在学习外国文化方面有很好的传统，特别是印度和古希腊研究，可我是个笨学生，头三个月我记不住任何一个中国字。我的老师花费了太多时间帮助我，我有时会觉得，能有机会在剑桥读书是一种特权。如今，剑桥生活留给我最深的印象是自由的感觉，有那么多事情可以干——学习、戏剧、音乐、体育——我是个很差的足球选手。”

在9月到访剑桥实在有不合时宜的感觉——每年暑假，会有一家剧团在各学院的草坪之上轮番上演莎士比亚的戏剧，但他们已经演完开拔了。剑桥电影节还没有开幕，免费音乐会也屈指可数，倒是各类体育俱乐部已经把招收新会员的广告打了出来——板球、橄榄球、马术、自行车、划船，后两个体育项目中，剑桥出过不少奥运冠军选手，自然是这里的热门，但乒乓球也有俱乐部，土地经济系另一位中国博士邓亚萍只在乒乓球俱乐部出现过一次，打败了剑桥排名第一的男选手之后就再也没有露面。

英国作家阿兰·德波顿这样回答我的邮件提问：“剑桥的老建筑的确让人兴奋，但我在剑桥关注的两点是女孩和创作，在本科毕业之后，我的确有机会在那里读博士，或者到哈佛大学去念历史学博士，但我对现在的教育体制都持怀疑态度，所以我没有接着读学位。”德波顿目前经营着他 2008 年创办的“生命学院”（The School of Life），这所学院设在伦敦的市中心，更类似一个能举办沙龙的小书店，他说，他创办这家“生命学院”是为了教授人们“赖以生存的观念”，让人们通过文化的帮助获得生活的方向和生命的智慧。

年轻的利亚本科时以欧盟学生身份就读于基督学院，这个年轻姑娘对于大学有自己的一套看法，“剑桥的最大缺陷是过于实用主义（pragmatism），剑桥从来不会启发学生去问自己：我在大学学习的内容是为了什么？是为了自己，还是社会，还是文化？这和英国的实用主义教育传统是有关的。而我在德国得到的体验是，教育的目标是人本主义的（humanistic），一个人进入大学后要经历一个成熟的过程，要和社会建立起联系的，在这个过程中他才真正变成一个公民。剑桥学考古的学生，第一年都会去伦敦的投行找实习。而理论上，大学的本意应该是培养研究者。如果进入大学只是为了提升个人的职业空间，那么大学是无法尽到它对社会的责任的。但是很可惜，很多大学都屈服于一种经济理性。比如，剑桥原本有一个梵语系，但是后来被裁撤了，理由是缺乏经济效益。剑桥把很多的资金都给了商学院，而许多的文科院系包括我们政治系，都有财政问题。”

年轻的利亚说她本以为剑桥是一个思想的天堂，可能在街上交谈的两个人都会在讨论一些深刻的话题。但实际上并不如此，于是她就联合几个同学创建了一个思想者联盟（Thinking Society），每个月都会挑选一个大的话题进行讨论，比如：何谓思考？何谓生活？知识分子的位置在哪里？我们的大学是不是一个自由思考之地？他们请教授来就这些问题进行演讲。“一开始我以为，学院越老越好，但后来才发现那些新一点的学院可能更为开放。比如克莱尔霍学院，他们的研究生和教授是在一起吃饭的。而剑桥的传统是就餐时学生坐低桌（low table），教授坐高桌（high table）。这些传统有时候徒有其表，比如在正式晚宴（formal dinner）上，就餐前院长会念一段拉丁文，而剑桥学生至少 80% 都不懂拉丁文。因为英国的高中教育进行改革后，已经不再要求学生学习拉丁文。剑桥的传统和社会的发展没有发生联系，大部分人并不理解这些传统，喜欢它们也只是因为神秘感。我认为，剑桥不能仅仅保留传统的形式，而应当去思考其中的意义。”

## 考　试

“在哈代的小说《无名的裘德》里，裘德会用拉丁文背诵赞美诗，所以他一直认为自己有资格进入基督学堂，也就是牛津大学，那是一百多年前了，那时候拉丁语和希腊语是牛津和剑桥入学的必考科目，想拿到学位也要掌握拉丁语和希腊语，而这些经典课程本就是大学当时能教给学生的少数几门课程之一，如今，掌握拉丁语对进入剑桥学习依然很有用——它表明你有严谨的思维，而且能更好地理解语言的本源。”剑桥大学古典系教授玛丽·比尔德女士说，“拉丁语在剑桥还经常被使用，餐厅祷告、毕业典礼，许多学院的塑像上也是拉丁文。我们古典学系有一百多个本科生，有些人在高中时就学习过拉丁语，但许多中学的确取消了拉丁语课程。”

剑桥博士殷海洁（Heather Inwood），高中毕业时考的是法语：“英国的 A-levels 跟中国的高考不同，剑桥大学的门槛要偏高一点，通常要求学生考三个 A，成绩出来的前一夜，我做了无数次关于考试成绩的梦，从 B 级到根本就不存在的 Z 级，几乎全部英文字母都在梦里出现过，出了一晚的汗，就是没有梦见那三个该死的 A。醒来后，该拿的成绩都拿了。到了剑桥之后，发现大学的考试制度是另一种情景。剑桥的年末考试考的并不仅是学生所积累的知识，也没有多项选择的问答题，考的是思辨能力。课程作业所占的比例也很小，每年的成绩主要取决于考场上的表现。剑桥的考场是个什么样子呢？学生整齐地坐成几排，每两个人之间都隔一个空位，以免学生作弊。监考老师们都一身黑色的袍子，外面还有人陪学生去上洗手间，考试时限往往为三个钟头。每个人的成绩出来后，都会先贴在大学评议堂外面的公告栏上，这样做会给学生施加很大的压力，因为谁都能知道你考得怎么样。”

玛丽·比尔德说，她还是会经常做有关考试的噩梦，三十多年来她只是监考，但在梦里总会坐到课桌前，准备拉丁语或希腊语考试，却发现考卷上的字她一个也不认识。“我相信，对大多数学生来说，剑桥的考试都是一个噩梦！”

剑桥政治系讲师刘瑜，在中国人民大学读完硕士之后，在美国哥伦比亚大学拿到博士，随后在剑桥谋得一个教席，她说："要我看，剑桥本科生在入学的时候，其潜质和人大的新生差不多，但经过三年的本科教育之后就大不一样了，剑桥一年三个学期，10 月开学，圣诞放假，然后再开学，复活节又放假，6 月份考完试又放暑假，每个学期上课的时间也就是八周，这里上课，老师是不许点名的，没有点名的权力，但学生们读书的气氛很浓。在剑桥的食堂里，你能听到两个学生在讨论苏丹的问题，或者最近有关伊朗的新闻多了，那么来听伊朗政治课程的学生就会多起来，这会让我想起《白人男子的责任》这本书，有公共意识的基础和氛围，在剑桥学政治就不是那么费解的一个选择。"

刘瑜教现代中国政治，给学生的考试题包括这样的题目，"中国政府在经济改革中起的是积极作用还是消极作用"。她说："考试一般会给学生六到八个问题，你选择三个来论述，这个题目大吗？你不妨看看政治理论课的题目——'西方还有未来吗''人们为什么要投票'，每道题目学生可能都要用一千五百个单词来回答，会考验你掌握材料、事实和分析的能力，而评分的一条准则是，学生除了论述自己的观点外，必须给出一个反面的观点。这样的题目，相对来说就是鼓励胡说八道，但只有大题目，才能形成一种和先人对话的机制，这是让学生有一个大的思想框架，而不是过早陷入细节中。"

2000 年秋天，何进到剑桥大学读物理硕士。"负责我们课程的老师是约翰·克利维尔博士，他要给每一个学生单独辅导。我们班十个人，来自欧亚非三大洲八个不同的国家。原计划每周每个学生辅导一小时，实际上每个人都远远超过一小时。他曾用两个小时给我讲一道题，那是一道我非常有把握的题目。先读懂题面，抓取重要数据，再根据情况挑选正确的公式，把数字代进公式，算出最终答案了事。我那道题的答案就是一页 A4 的纸，大半页都是数字、公式和计算，还有几行文字说明。他看看这张答题纸问我，这一大堆数字是什么意思。我当时有点蒙，这东西你知我知，那还用说。然后他又问，这几个公式是从哪里来的。他告诉我，我们研究的是物理而不是数字，一个物理老师拿到一份物理题的答案，想看的不是数字，而是学生对物理的理解。不但数字不重要，而且公式也不重要，重要的是对基本物理概念的理解和对物理学原理本质的把握。理性的思路应该从最基本的物理假定入手，首先罗列半导体理论的所有假定，根据具体情况加以分析，每一个假定，每一种情况，每一次选择，每一层因素都要完整地展开讨论，从而最终导出正确的物理公式用于计算。原来一页 A4 的纸，后来密密麻麻地用了整整五页，添加了大量的说明、讨论和图示。一道题贯穿了半导体物理学的整条脉络，看到老师陪我一起做出的新答案，我第一次如此刻骨铭心地体会到，原来物理该这么学。虽然我题答得不好，但是他没有任何批评或者不悦，而是和颜悦色地跟我说：'作为一个理性的人，我会这样去做……（As a reasonable person，I will ...）'一步一步引导我进行理性思维。"

"硕士课程从 10 月开课到来年 9 月论文答辩，整整一年时间，安排得非常紧张。前半年一共十三门课，在 2001 年 4 月底，十三门课分为两场综合考试。这就是我学生时代的最后两场考试，读博士以后就没有正式的笔试了。”何进总结剑桥考试的特点——“天马行空，有重点，但没有范围；考题选择空间大，一般一套考卷十道题甚至更多，任选四五道题做就可以。考试题目的难度不是以能不能做出来为标准，而是能不能下手为标准；考试没有标准答案，看重分析和思辨，各种想法和观点，只要言之成理就可以。还有一条，考试没有第二次机会，几百年来，这一规则一直被严格地执行着。剑桥的想法很简单，学生来学校是学习的，那么就有义务学好”。

## 利维斯博士

英语系老师伊恩·帕特森的博客名叫“Curiously Strong”，这曾是1960年代剑桥学生出版的一本诗刊的名字。他在博客上抱怨，要花太多的时间批改考卷，没工夫写作，这位老师写诗，喜欢亨德尔和摇滚，在英语系的试卷中，会出现这样的题目，请比较艾米·怀恩豪斯的歌曲*Love is a Losing Game*和沃尔特·雷利的诗“As You Came from the Holy Land”，前者是英国流行歌手，后者是16世纪的诗人，帕特森对我说：“这道题目是让学生阐述诗歌与流行歌曲的关系，语言中的节奏感。现在的文学理论越来越学术化，抽象，而大众文化的影响力越来越强，文学理论应该是开放的。”

英语系讲师斯蒂芬·洛根说，他认为大学的功能并不只是一个“研究工厂”，不能只凭借论文发表的数量来评定大学的学术水平：“为什么我在学术刊物上发表一篇文章，才算是我的成绩，而我在报纸或杂志上写一篇文章就忽略不计呢，大学的一个功能就是‘时代的文化标尺’，一个教师完全可以用他的‘观念’来教育学生。”洛根博士随即提到了英语系的标志性人物 F. R. 利维斯。

这位利维斯教授讲的是什么呢？有人这样总结，“他是艺术的加尔文，教育年轻人热爱文学之前，先教他们去讨厌其中的 90%”。利维斯生于剑桥，求学于剑桥，终身在剑桥担任教职，他和妻子主办的《细察》杂志在文学批评领域享有极高的声誉，他看不上弥尔顿，对狄更斯也评价不高，他说哈代是个笨拙的匠人，弄出来的小说不过“偶有所得”，他的女学生西尔维亚·普拉斯说他是个秃顶、刻薄的妖精。他的文学观念在早期著作《大众文明与少数人文化》中开宗明义——“在任何一个时代，明察秋毫的艺术和文学鉴赏常常只能依靠很少的一部分人。除了一目了然和人所周知的案例，只有少数人能够给出不是人云亦云的第一手的判断。他们今天依然是少数人，流行的价值观念就像某种纸币，它的基础是很小数量的黄金”。1940 年代，利维斯发表了《英文学院概要》，他强调，英文学院的核心学科是文学及其批评，它在同时培养智性和情感方面为其他学科所不及。英文学院的学生除了学习文学经典之外，还必须学习外语、比较文学、政治、经济、社会、思想史等课程。在利维斯看来，精神成人远比专业成才来得重要。利维斯毕生事业的首要原则就是确信：在一个人对艺术的反应能力和他人类生存的总的适应力之间存在着密切的关系，这种对艺术的反应能力可以由批评家来唤醒并使之丰富。

陆建德在剑桥的博士论文就是关于利维斯的，“他在1930年代就开课讨论广告、电影这些大众文化，在他看来，文学批评要指出‘套话’的危害，在一定程度上，利维斯把文化转换为语言问题，文化的精粹就是辨别优劣的语言，但他给人的印象是在进行一场无望取胜的战争，电影、电视等大众文化正在消解批评的标准，利维斯无论如何也不能理解维特根斯坦，为什么总要去电影院看一部美国西部片才能放松”。

清华大学教授、剑桥博士曹莉介绍：“与剑桥八百年的历史相比，成立于1917年的英文系堪称年轻，当时的一份报告说，文学所能提供的精神价值足以取代宗教的主导地位，将文学与普通人的道德修养和日常生活紧密地联系在一起。”在利维斯看来，大学就是要提高社会的精神格调，培养公众的智慧，纯洁国民的趣味，大学和文学批评的使命就是抵抗社会对“少数人文化”的围追堵截。

1959年5月，C. P. 斯诺在剑桥大学的评议堂发表了“两种文化与科学革命”的演讲，斯诺曾是一名科学家，还是一名小说家，后来“又成了一名身份难以确定的公众人物，有资格对无论什么问题发表他的见解”，这次的演讲他提出了问题：知识分子是两极的，一极是文学知识分子，另一极是科学家，他们之间的鸿沟越来越深，一个文学知识分子根本不知道热力学第二定律是什么，但科学革命将给这个世界带来巨大的变化，能让那些贫穷的地方逐渐富裕起来。

斯蒂芬·科里尼教授为五十年前的这场演讲作了一个长篇导言，《两种文化》中文版中即可看到，他说，斯诺提出来的问题，任何一个有头脑的观察家都不能回避，他引发了一场旷日持久的争论。利维斯教授的回应是在 1962 年，他退休之前所做的“里士满演讲”，他对斯诺的蔑视是全方位的，“他在智力上并不出类拔萃”，他的演讲“所展示的恰恰是智力特色的全然缺乏和令人窘迫的粗俗风格”“作为小说家他并不存在，他还没有开始存在，他不能被认为懂得小说是什么。他写下的每一页都等于白纸，空洞无物”。这份演讲发表之后，众多知识分子参与讨论，利维斯的腔调被认为过于刻薄，但这也符合他文学批评的一贯作风。

科里尼教授说，凡是利维斯认为浅薄、机械化和仅仅风行一时的东西，他都恨不得扔进垃圾桶里，斯诺可以凭借小说沽名钓誉，但他却闯进了 20 世纪英国文化一个最敏感的区域：对工业革命给人类造成的后果做出评价。利维斯把斯诺的名声看成一种“不祥之兆”，“它说明现代社会多么严重的丧失了谈论能赋予生活以有意义的价值的能力，于是‘繁荣’‘提升生活标准’这类套话就被用来填补空当”。

2009 年 9 月底，剑桥大学的唐宁学院，恰好有一个“重估利维斯”的学术讨论会，会议的主持人是利兹大学教授 C. 乔伊斯，他回复我的邮件中说：“利维斯对工业革命对文化的破坏一直有自己的看法，他也不愿意人们将生活的手段和生活的目的混为一谈，他教学中的一个主导思想就是理解‘生活’的复杂意味，生活只是个人的，而无法抽象化，难以用工业和科学的数据来证明生活的幸福。”

乔伊斯教授说，利维斯教授去世之时，《泰晤士报》发表的讣告中特意描述了唐宁学院的建筑特点——这所学院是希腊风格，用大量的空地取代了封闭的庭院，廊柱高大，在这所学院里人们可以像希腊的智者那样静思，但看到那些建筑，也会让我们明白，我们已经失去了那种古典主义。1962年，当利维斯从唐宁学院退休时，丘吉尔学院的英语教授乔治·斯坦纳写了一篇文章："没有举行任何仪式，作为一位大学教师，他讲话不多，身材瘦小，他离开讲台，以一种特有的轻松、灵活又旁若无人的步伐走出了房门。可是，当利维斯博士最后一次离开米尔巷时，英国情感历史中的一个时代便结束了。"

## 格兰切斯特草地

离老卡文迪许实验室两分钟的路程，就是惠普尔科学历史博物馆，严格地说，这是科学历史系的一间陈列室而已，楼梯拐角处张贴着学生的考试成绩，博物馆里陈列着约一千件古老的科学仪器。惠普尔曾担任剑桥科学仪器公司的董事长，在退休之后将自己的收藏捐献给学校，这些望远镜、显微镜、太阳系仪只能展现科学历史的某一个片断，相比之下，塞奇威克地质博物馆则试图用无数的石头来涵盖整个地球的历史。在这间博物馆里可以找到剑桥早期建筑所使用的石材——剑桥本地所产的石灰石质量欠佳，克莱尔学院和国王学院之间的墙就是用本地石灰石构建的。从15世纪开始，学院从英国其他地方运来更好的石材，唐宁学院是用鱼卵石构建，评议堂是用波特兰石灰石构建。在地质博物馆对面，是人类学系和考古系拥有的“人类学博物馆”。

剑桥植物园在城外占据一大片土地，那里曾经是三一学院的麦田，学校对这座植物园的规划是“不仅要鼓励人们对植物学的兴趣，也要使花园成为一个令人愉快的所在”。植物学教授约翰·史蒂文斯·亨斯洛在 1831 年开始建设这个植物园，他在那一年还把他的学生达尔文送上了“小猎犬号”，而达尔文带回来的鱼类标本及昆虫标本则陈列在“动物学博物馆”里。穿过唐宁学院的空地，兰斯菲尔德路上的“斯科特极地探险博物馆”正在维修，这里展示英国人对南极和北极的探险，而剑桥大学也早在 1920 年就建立起冰河研究机构。这座城市中最为著名的博物馆当然是建立于 1816 年的菲茨威廉博物馆，这里收藏了世界范围内的众多艺术品，会有各种主题的当代艺术展、画廊讲座和演奏会。

每一间博物馆都会激发起你对某一门类学问的兴趣，但流连于博物馆的人数永远不会比漫步在格兰切斯特草地上的人多，这一大片草地上有一条三公里长的路径，从市区徒步、骑自行车，或者划船沿剑河抵达格兰切斯特村，在“果园”里喝上一杯茶，是剑桥最为经典的一条休闲路线。果园中也有一个小小的博物馆，纪念的是青年诗人鲁珀特·布鲁克。一百年前，他租住果园的一间农舍写论文，享受着英国乡村生活的甜美。事实上，他躲到这个安静地方来也没能好好看书，不断有朋友来拜访，享受着坐在苹果树下看着落日的悠闲。这些朋友是弗吉尼亚·伍尔夫、罗素、维特根斯坦、凯恩斯、福斯特，在某些月色撩人的夜晚，布鲁克和伍尔夫会到拜伦潭去裸泳，那里离果园不远，横渡达达尼尔海峡的拜伦就在那片池塘里练就了自己的游泳功夫。1821 年，拜伦在自己的日记中回想起在剑河游泳的场景，“那是我生命中最快乐的时光”。

1909 年到 1914 年第一次世界大战爆发之间，布鲁克在这里度过了“最快乐的时光”。他说：“我不假装能理解自然，不过我和她相处愉快。我看我的书，她料理母鸡和风雨，我们都很有耐心。一位老妇人为我准备蜂蜜、鸡蛋和牛奶，她整天坐在玫瑰花园里干活。”他写下诗句：“池塘上方 / 河水是否甜蜜清凉 / 深沉和缓？”“教堂的钟还停在差十分三点吗？还有蜂蜜用来泡茶吗？”1915 年，这位二十七岁的诗人死在地中海的英国海军的船上，埋葬在爱琴海一个小岛的橄榄树林中，他的诗里这样说过，“如果我死去 / 请为我想想此事——外国的田野上有一些角落 / 它永远属于英国”。

在拜伦、布鲁克这两位浪漫的年轻诗人客死异乡之后，这片草地又迎来了新的诗人。1956 年 2 月 25 日，在剑桥大学的一个聚会上，西尔维娅·普拉斯与她慕名的泰德·休斯第一次见面，当休斯的嘴唇移到她脖子上的时候，她在他脸颊上狠狠地咬了一口，咬出了血。四个月后，休斯和普拉斯结了婚，这年秋天，他们搬到了格兰切斯特附近居住。尽管后世许多的孩子都会背诵普拉斯那句“我披着红发从灰烬中升起 / 我吞噬男人如呼吸空气”，但更多的人会惋惜她的自杀，“死去是一种艺术 / 我要做得精彩”。

在普拉斯的日记和她写给母亲的信里，经常能看到这片草地，“记得鲁珀特·布鲁克的诗吗？我们在果园里喝杯茶？”“昨天我们走了十五英里，穿过森林，田野，沼泽，月光下的格兰切斯特草地上沉睡的牛群。”“泰德和我在河上撑船，在格兰切斯特的苹果树下喝茶，吃蜂蜜还有三明治。”“这天早上四点半起床，我们去草地上散步，我给一群牛朗诵乔叟的《坎特伯雷故事集》，我读了二十分钟，我从未有过如此智慧、专注的听众。”“开始时天空发出蓝色的光芒，大颗的星星还悬在空中，之后转为粉红色，延伸至天际线时慢慢变得半透明。”当时，普拉斯在准备学位考试，泰德在附近的一所中学里教书，她负责把两个人的诗作打印出来，去参加诗歌比赛。他二十五岁，她二十三岁，还没有为家务琐事和别的女人发生矛盾。1957 年春天他们离开格兰切斯特，这片草地只记取了这对年轻诗人最美好的时光。多年后，休斯在诗里回首，“你的声音穿过草地朝向格兰切斯特 / 声音渐沉 / 牛群入迷地观看”。

如今，每天都有人穿过丁香花、栗子树，走过草地，在果园的苹果树下喝茶，看着天色渐晚，“看看在格兰切斯特的月光下，渐渐苏醒的枝条，闻着令人兴奋的芬芳，永远记得，永远记得，河水的气味，倾听微风吹拂小树发出的叹息”。拜伦、布鲁克、泰德·休斯和西尔维娅·普拉斯赋予这片草地永远的青春气息，浪漫与激越的青年时代，对整个国家乃至整个世界的情怀，刻骨铭心的爱情。他们的事迹与诗歌绵长悠远。

1924 年，伍尔夫的一封信中这样写，你对剑桥感觉好吗？这里让人“发热”——准备考试的年轻人，后花园里的树和花，平底船，院士的花园，美丽到不那么真实的池塘，智慧头脑之间的辩论。伍尔夫说她尊重那种辩论的气氛，但她置身事外感觉会更好，她当时到剑桥是做一个讲座，她并没有在这里学习，但对更多的年轻人来说，花园、树、河水、草地、图书馆、博物馆、教堂，看见这些还不够，他们还需要有一个智慧的头脑，不是为了一场辩论，而是为了配得上这方水土这方历史，配得上自己明明白白的青春。

# 1968年8月的布拉格电台

8 月 21 日，星期三，早上六点，居住在维也纳的作家约瑟夫 · 韦克斯贝格，打开床边的收音机，收音机里是天气预报，然后播音员用一种平稳的声调说："昨天夜里十一点，五个华约组织国家的军队入侵捷克斯洛伐克。"早上七点，他听到报道，坦克正在布拉格市中心穿行。奥地利电台说他们已经无法联系到驻布拉格的记者，凌晨四点，布拉格国际饭店停电，大多数外国记者都住在那里，电信服务中断了。贝尔格莱德电台不断重复："大批军队正从不同方向向捷克斯洛伐克移动。"莫斯科电台则是常规的节目——圆舞曲和早锻炼的音乐，七点四十五分终于播出一条塔斯社的消息，说在捷克进行"兄弟般的帮助"。直到八点他才搜到布拉格电台，女播音员说，军队正在逼近电台大楼，她的声音控制得很好："他们要让我们沉默，但他们不能让我们的心沉默。"另一个女播音员则强调"冷静和勇气"，然后忽然有一个男人的声音："军队把大楼包围了。"他肯定拿着麦克风站在一扇敞开的窗前，外面传来机关枪的声音，听上去很近。

女播音员的声音依然很坚定："他们已经进入电台大楼，但我们还在这里，我们还和你们在一起。我们永不放弃，永不。”另一个女播音员在哭泣，忽然间是沉默，然后是捷克斯洛伐克国歌《我的家乡在哪里》。约瑟夫的公寓，窗户向东，他可以隐约看到多瑙河边绵延的山丘，在那片山脉之后，就是他的家乡捷克斯洛伐克，“那里一定有很多人，听着国歌，和我一样掉下眼泪”。

在一段沉寂之后，布拉格电台的播音继续，一位国会议员发表简短的演讲。电台能继续播出，是因为苏联军队第一次遭到了抵抗，穿着迷你裙的姑娘和穿着牛仔裤的小伙子在电台大楼门口组成了人墙，他们迫使坦克停了下来。一个男人在哥特瓦尔德夫发回报道：“这边也有成列的坦克，离他们远点儿，攻击他们是愚蠢的自杀。”当天晚些时候，收音机里传来一个声音：“这里是自由的、合法的捷克斯洛伐克电台。”随后一个女播音员说，那些待在夏令营里的孩子是安全的，父母们不要担心。

8 月 23 日凌晨五点零四分，捷克境内最后一家官方电台被包围，但“自由的、合法的”广播网在继续工作，有些播音员的声音是听众所熟悉的，有些则是新人，背景有些嘈杂，敲门的声音、隔壁房间里讨论的声音，每隔几分钟，播音员就会重复一遍，“这是自由的、合法的电台”，以便让刚刚加入进来的听众明白。五十万军队正在搜查这些电台，常常是一个电台消失了，另一个电台就加入广播网中，他们宣称，有一千四百万国民的支持，这样的广播将持续下去。苏联军队摧毁了许多发射机和电缆，但广播网依旧很有效率地在运行，德国小说家波尔当时正在捷克访问，他接受了一个电话采访，很快就从收音机里听到自己的谈话。捷克学生拿着自己的小收音机靠近苏联坦克，想让那些士兵听到"真相"。在维瓦尔第的音乐之后，播音员说："我们的国家曾被占领过好几个世纪，今天更需要我们的智慧。我们的历史是悲伤的历史，我们的武器是我们的尊严。"接下来，另一个女播音员说："我们并没有任何英雄主义精神，我们只是在做自己的工作，希望那些在街道和广场上的人赶紧回家，街上并不安全。"依靠广大听众的消息来源，广播网有时还会向某个电台的秘密地点发出警告："赶紧带着你们的设备撤退，军队正向你们那个方向进发。"

苏联军队知道播音员的名字，知道他们的家庭住址，但并不知道他们在哪里工作。8 月 25 日，广播网继续传递各种信息，播出各色人等演讲，在危急情况之下依然注意自己的遣词造句，有记者从布拉格郊外的捷克军队营地发回报道，"营地已经被坦克包围，捷克士兵只能从住所的窗户里向外张望，他们好像置身于卡夫卡的小说之中"。有主持人发表评论："这些天我们接触了许多无法翻译成捷克语或斯洛伐克语的单词，他们来进行'兄弟般的帮助'，我们所做的是'反革命的'，我们太聪明了以至于难以理解这座巴别塔，但我们知道巴别塔还是会倒塌。布拉格终将成为一座沉默之城，但我们的语言还在空中，他们不能用枪击落语言。"

8 月 27 日，一个知名演员在电台中谈话："每个人都在历史中扮演自己的角色。未来的演出、报纸都会经受审查，但我们的思想中并没有审查制度。”8 月 28 日，电台中的呼吁：“教师们，你们对这个国家负有责任，你们要本着自由和人性的角度来指导孩子，记住这些天发生的一切，把真相告诉给孩子们。”8 月 29 日早上，一位奥地利工程师告诉约瑟夫，只有一家“自由的”电台还在播音，在 950 千赫，约瑟夫找到那电台，声音如耳语，接下来便是一片死寂。

吐色楞监狱博物馆

我在金边的皇宫里转了一圈，迫不及待跑到外头，跟出租司机说："吐色楞！"Tuol Sleng，这是一所由中学改建的集中营，代号 S-21，红色高棉统治时期，这里关押过的上万名犯人大多被拉到金边郊外的"杀人场"处决。1979 年 1 月，越南军队攻入金边，两名摄影师发现了这座监狱，他们看到了血迹、尸体，随后在附近的住宅中发现了监狱档案，这个地方立刻被封锁。越南人请苏联、东欧记者来参观，吐色楞慢慢建成了一座博物馆，成为金边旅游的一个景点。《孤独星球》手册上说，精神脆弱的旅行者不要去参观 S-21 监狱博物馆。

博物馆基本维持监狱的原貌，甚至就是原来学校的样子，四座教学楼，围合着一个操场，我从左侧第一栋楼看起，每个小屋都是一张铁床，床脚下有镣铐，墙上是一幅当年关押者的照片，这样重复地看过几间屋子，我就坐到操场的长椅上抽根烟，缓缓神儿。

欧文·戈夫曼（Erving Goffman）写过一本书叫《避难所》（*Asylums*），也许翻译成"疯人院"更合适，这位学者把观察的对象放在学校、精神病院、修道院、军事单位、医院上面，在他看来，这些地方有共性，那就是把一堆人圈起来，跟外部社会暂时没啥联系，这些地方要完成的使命就是改造你们，其认定的价值就是社会秩序比个人要重要得多，个人的破坏性要被限制，个人都要表现得“正常”。戈夫曼先生为了写书，真的去精神病院工作了一年。肯·克西，当年也在疯人院里工作了一年，他后来根据自己的体验写了小说《飞越疯人院》。我喜欢《飞越疯人院》这个电影，总想跟着印第安酋长砸开窗户逃向原野。

1999年，当时美国的《生活》杂志还没有倒闭，我还能从上面发现好多好照片，其中一期的一张照片，是波尔布特的队伍投降，一群面目冷漠的士兵站在镜头前，画面中央那个士兵的目光让我不寒而栗。大概是从这张照片开始，我对波尔布特、红色高棉，对柬埔寨发生了浓厚的兴趣。十年之后我终于到了柬埔寨，七天的旅游，时间大多花在吴哥窟，在金边待两个晚上，但只有一个下午的时间能出去转转。这所监狱就是我的目的地。那里的压抑气氛让我想起十年前看到的那张照片，我从那里买回来一本书《S-21的声音》和一部纪录片《S-21红色高棉杀人机器》。

S-21院子右侧的教学楼是当年的行刑室，摆着刑具，墙上是油画，革命现实主义风格，真实地描绘当年行刑的场景，从这里出来，就得在长椅上抽两根烟，多缓会儿。操场上有树，开着白色的花，从附近的西哈努克大道上传来汽车的声音，提醒你只是到这里旅游，晚上还有一顿丰盛的柬埔寨饭菜等着呢。但我总忍不住会设想，要是我被关在这里该怎么办呢？审讯员提问：“老实交代你为什么会被抓到这里来？我们把你抓来不会是没有原因的，你交代吧。”按照监狱的规定，我必须立刻开始回答，拖延时间就会挨一顿鞭子。《S-21 的声音》一书作者，把这座监狱和纳粹集中营做比较，他说，纳粹集中营里的犯人，都知道自己将被处决，死之前要从事繁重的体力劳动，S-21 里的犯人，也大多要被处决，但他们被投入一个荒谬的司法系统中等死。这里要进行无休止的审讯和刑讯逼供。

这所监狱的领导，诨名杜奇，原来是个数学教师，喜欢在审讯记录和档案上用红笔批注，他一定迷恋自己的组织才能和管理才能。他的搭档中也有几位老师，杜奇直接向红色高棉的领导人宋先汇报，这位宋先也做过中学老师，后担任红色高棉司令，1990 年代他和他老婆云雅特都被波尔布特处死，罪名是“间谍”。他抓了多年的“党的敌人”，最后被当成“党的敌人”给干掉。看一看红色高棉的历史，这帮领导人躺在木床上，挂一蚊帐，开一个会就取消货币，就直接进入共产主义阶段，杀人如麻又相互残杀，轮不到我来悲天悯人，但允许我觉得荒唐可笑。这位波尔布特，也做过中学老师。

1979 年 1 月，越南军队打进金边，但红色高棉的故事远没有结束。杜奇 1996 年随英萨利的部队起义，一度担任三洛县教育局局长，他开始为美国的难民救助机构工作，改信基督教。1999 年 3 月，一个英国摄影记者到三洛采访清除地雷工作，发现了消失二十年的杜奇，一个月后，这位记者和《远东经济评论》的一位同行再次来到三洛，直接追问改名换姓的杜奇，杜奇承认自己的身份，并且接受了记者的采访。又过了一个月，他被逮捕。随后被关押了十年，直到2009年2月出庭受审。起诉书说，他管理下的S-21是红色高棉的秘密监狱，曾关押一万七千余人，绝大多数囚犯都被处死。

在柬埔寨，各旅游景点都有不少图书在卖，肖特那本《波尔布特》又厚又大，另一本《一号大哥》就薄一点儿，个人视角的有翁琅所著《他们先杀了我父亲》。还有一部电影叫《杀人场》。在吐色楞博物馆，我抄下来一首诗，作者叫SARITH POU，题目叫THE NEW REGIME。这首诗由一连串的NO组成，描述红色高棉统治下的生活状况，"没有学校，没有学习。没有书，没有图书馆。""没人权，没自由。没法庭，没法官。没法律，没律师。""不许梦遗，不许手淫，不许裸睡。"如果一个地方真是这样，那这个地方就是监狱。如果一个国家全是这样，这个国家就是个大监狱。

南斯拉夫作家米洛万·吉拉斯，曾经入狱，他在监狱里做了一件了不起的事，把弥尔顿的《失乐园》给翻译成了塞尔维亚语。这位作家说，一个监狱很清晰地说明一个社会是被什么样的人控制，又是怎样运转的。我从柬埔寨回来，在电脑上看《S-21红色高棉杀人机器》这部纪录片，导演有一个非常大胆的手法，就是让S-21监狱的幸存者和当年的看守重回现场，那些看守们反复提到一个词就是"组织"，如果我们违抗组织的命令，我们就会被杀死。有个看守重演他当年如何对待囚犯的，他面对空空的房间大声呵斥，一遍遍开门锁门，直到这动作看起来有些癫狂。

回到家中的几个星期，我留意看杜奇审判的新闻，S-21似乎有一种魔力，在我的头脑中纠缠，那就是我无法理解——为什么一些人会对另一些人做出如此极端的恶行？有两个法国的精神病医师，1980年代在泰国的柬埔寨难民营工作，他们的经验是，“摩尼教把世界看成善与恶，光明与黑暗这样两个部分，这种看待世界的方法能够让大多数人感到满意，他们只需要将红色高棉的统治看作‘极端的恶’就可以了，这样我们可以不去问过多的问题，或者至少有些现成的答案”。阿伦特是这样解释所谓“极端的恶”——为了证明没有不可能的事，极权统治无意中发明了既无法惩罚也无法饶恕的罪行。当不可能的罪行成为可能的时候，它也成为不可罚、不可恕的极恶。极恶是无法用自私、纵欲、贪婪、怨毒、嗜权、懦怯这些邪恶动机来解释的，因此，对极恶既不能用恨去复仇，也不能用爱去容忍，或用友情去宽恕。

2008年，有一个美国的青年志愿者来到柬埔寨，他在自己的博客中这样记载：“这里的人都很年轻，和我打交道的人大多不超过二十九岁，算一算，1979年红色高棉的统治结束，从1979年到2008年，正好是二十九岁。”这个美国青年的数学真好。我在吴哥窟遇到的一位司机，四十一岁，和我同岁，他的名字翻过来应该叫“黎明”，包车两天收三十美元，他的姑娘在上中学，将来可能会在暹粒的一家饭店找个工作。我问黎明，能不能带我去安隆汶看看波尔布特战斗过的地方，他说他不愿意去那里。他笑着说：“你知道波尔布特的柬埔寨名字吗？沙洛特绍——Saloth Sar。”他耐心地教我念这个名字，仿佛那是另一个开出租车的司机。

# 老特拉福德看球记

我小时候以为自己住在曼彻斯特呢——拥挤的工人住宅区，垃圾场散发着臭气，大家都上公共厕所，家里也没有什么书，马恩选集倒有好几套，我就看马克思、恩格斯的文章，难的看不懂，通俗好看的是《英国工人阶级状况》，恩格斯在这篇伟大的调查报告里描述了工业革命重镇曼彻斯特。后来，我才知道，有人把曼彻斯特说成是“工业时代的雅典”，才知道英国民歌的老大伊万·麦考写过一首歌叫《苍老破旧城》，这首歌最典型地说明了曼彻斯特在浪漫点儿的旅行者眼里是个什么样子。

老特拉福德的球员更衣室里，4号哈格里夫斯的球衣挂在一个角落，这个天才球员加入曼联之后就被伤病困扰，只踢了二十场比赛，转会费两千五百万欧元，算下来，他每踢一场球，曼联支付的成本就是百万英镑。两百多年前，兰开夏郡另一个叫哈格里夫斯的家伙，回家的时候不小心踢倒了妻子的纺织机，他灵光一闪，把几个纱锭都竖着排列，用一个纺轮带动，这就是“珍妮纺织机”的发明，纺织业的工作效率大大提高，工业革命开始了。老哈格里夫斯踢翻纺织机的那一脚比新哈格里夫斯的每一脚都更值钱。

曼彻斯特“科学与工业博物馆”里陈列着各式各样的纺织机，各式各样的火车头，这所博物馆的原址就是曼彻斯特火车站，世界上最早的一条火车线从曼彻斯特通向港口城市利物浦。旅游者去利物浦，大多有一个理由，去看看披头士的故里，去曼彻斯特，大多也有一个理由，去看看曼联队的主场老特拉福德。

按照吉米·怀特在《曼联传记》中的说法，曼联在全世界拥有七千五百万支持者，其中中国有两千三百万，南非有五百九十万，马来西亚有三百五十万，泰国有三百二十万，这个统计不知道从何而来，但当年曼联造访北京，工体看台上也就坐了三万多人，球队管理者疑惑：我们那两千万球迷呢？北京难道没有十万个曼联球迷吗？老特拉福德球场，在2010年迎来开放一百周年，这个球场几经扩建，每场比赛，七万五千个座位几乎都能坐满。

那些空座位是持有季票的富裕球迷，他们会放弃一些不重要的比赛，空座率有时会达到5%，但我们观看的这场曼联对阿森纳的比赛，入场人数超过了七万五千。在决定成为曼联球迷之前，我认真学习过这支球队的历史，它成立于1878年，原名叫“兰开夏郡和约克郡牛顿西斯铁路公司板球和足球俱乐部”，当地的铁路工人、扛大个儿的运输工人，在工余时间经常喝酒，资本家老板为了丰富工人们的业余生活，就组织了足球俱乐部。我喜欢这支球队的工人阶级色彩，但1990年代初，这个俱乐部在伦敦上市，“足球俱乐部”的字眼已经剔出，“曼联”就是上市公司的名称，也是世界上最重要的足球品牌。

曼联主场观众，外地人远高于本地人——本地人指的是曼彻斯特本地的球迷，这个比例在2004—2005赛季已经达到了64%∶36%，到2007—2008赛季达到了67%∶33%！究其原因，曼联球票价格不断上涨，附近城市的高收入者才能负担。1989年，看一场球的最低票价是四英镑，2008年看一场球的最低价格是三十三英镑。

我的朋友颜强，在英国报道了两年的英超比赛，他说，老特拉福德球场与别的英超球场相比显得安静好多——中产阶级和富裕阶层的球迷不像劳工阶层那么喧嚣。2002年，我在利兹看过一场球，混杂在当地球迷队伍中买啤酒、高声吆喝、排队上厕所，汗臭袭鼻，歌声入耳，非常投入。这次在我心目中的圣地老特拉福德，主场球迷的助威声似乎还压不过客队阿森纳的球迷。我们在一个豪华包厢里吃饭喝酒，然后到座位上看球，那片看台上的观众平均年龄怕有四十五岁以上，都安静地坐着，鼓掌，绝对没有起立歌唱。论感染力，利兹的那场球远比老特拉福德来的厉害，可惜那个小城市的小球队早就降级了。

我们受曼联赞助商宇舶表（HUBLOT）的邀请去看球，一行中有几位VIP客户，三位来自中国大陆，两位来自香港，一家四口来自泰国，这几位都是在宇舶表上花过大价钱的买家，看球的时候，坐的位置更好——皮座椅的“指导席”，边上就是曼联伤员费迪南德，我估计查尔顿爵士也和他们一起。大陆的一位VIP，对提前三个小时就给送到包厢里略为不满，他说：“在我们中国，VIP都是比赛五分钟之前才入场，英国怎么那么早就让我们来了。”

我最喜欢的曼联球星基恩，曾经对足球的商业化大为不满，他说过："现在的观众都变了，他们坐在包厢里吃着鱼子酱，然后骂我们这些球员是傻子。"我发誓，我们绝对不会骂球员，也绝对没吃到鱼子酱。牛排、香槟、红酒，这些吃的都有，一位壮汉身穿曼联标志的西服招呼客人，我打量了他十秒钟，然后上前询问："是罗布森先生吗？"布莱恩·罗布森，1980年代的英格兰队队长，1985年他效力曼联的时候是队中工资最高的人，年薪九万三千英镑，2008年一个赛季，C罗在曼联挣了六百三十万英镑。

客人们纷纷上前与罗布森合影，要签名，吃甜点的时候，又有一份惊喜，现役门将范德萨出来和客人见面。这份热情的招待也并不全免费，喝咖啡的时候，主持人宣布，给曼联足球学校捐助十英镑，就可以得到一份抽奖资格，奖品是曼联全体球员签名的一件球衣，泰国大款抽出来一沓子英镑。我摇头退出这个游戏，曼联青训体制之健全，在全世界都数一数二，队中的吉格斯、斯科尔斯、贝克汉姆都是从这个青训体系中出来的，每年有上百个来自全世界的青年球员跑到这里来试训，他们根本不需要我这十英镑。

曼联和阿森纳这场比赛是下午五点开球，为了照顾亚洲的电视观众，英超比赛错落着在下午一点、三点、五点、七点开球，这样亚洲球迷一晚上至少能看三场球。老特拉福德球场上有一则横幅——欧洲胜利之都，但从比赛进程来看，失去C罗的曼联攻击力大打折扣，他们这个赛季想在欧洲赛场上有所作为恐怕很难。这场球最漂亮的一幕不是球员，下半时，阿森纳主教练温格踢翻了水瓶子，被裁判罚上看台，他站在看台出入口的栏杆后面，比周围的观众高出一大截，他向裁判摊开双手，那意思是说：你想让我站在哪里呢？你还想怎么样？我当时就遥望他的背影，不知道周围的球迷是什么心情，但那个瞬间，我服了——教授，你太帅了！他穿着灰色的西装，裁剪极为合身，我在电视转播中看到过许多次温格，但电视的确能把人变得更宽，亲眼看见的温格要更修长一些。在敌人阵中，教授玉树临风亭亭玉立，虽万千人吾往矣，只有这样体面的人才会让阿森纳踢出那么漂亮的足球。

比赛头一天，我们参观了老特拉福德球场，这是曼彻斯特的常规旅游项目，导游向我们介绍球场："一般的比赛，警察都采取二级防备，只有两场比赛会是一级防备，一场是我们和利物浦的比赛，另外一场是同城德比，曼联队和曼城队的比赛。"据说，曼联球迷有这样一首战歌：Build a bonfire, build a bonfire, Put the scousers on the top, Put the City in the middle and we burn the fucking lot——要把那篝火烧得通红，烤焦利物浦和曼城的杂种。这座城市里，曼城球迷更多，他们也许还保留着一些工人阶级的特色，但在阿布扎比财团介入曼城之后，曼城俱乐部可一点儿也不缺钱了。

十一年前，默多克要收购曼联的消息传出，曼联球迷举行大规模的抗议活动，但也有球迷表现出本能的兴奋："这不是意味着我们有钱了？想买齐达内就买齐达内，想买罗纳尔多就买罗纳尔多？"默多克没有买到曼联，但格雷泽家族买到了曼联，他信没有买到曼城，但阿布扎比的财团买到了曼城，伯明翰正打算把自己卖给一位香港商人，待价而沽的英超球队还有好多支，足球是人民的游戏，也是富豪的游戏，从这个角度看，宇舶表赞助曼联队的行为也可以理解，宇舶表以前赞助的体育赛事是帆船、马球、滑雪、高尔夫，总裁让－克劳德·比韦说，赞助曼联，把奢侈品和足球联系起来也是一场赌博。

比赛前一天，宇舶表计时塔在老特拉福德球场前举行落成仪式，曼联队全体球员到场，排列整齐，面对镜头，露出手腕上价值一万英镑以上“红魔限量款”手表，只有欧文一直矜持地把手放在裤子兜里，他和天梭表签有赞助合同。我终于有机会问弗格森先生一个问题了：“亚历克斯爵士，你不觉得这样的手表对球迷来说太贵了吗？”弗格森的回答很无聊：“这个表有很多款式，你可以买很贵的，也可以买便宜的，总有一款适合你。”阴风苦雨之中，这个在曼联执教二十多年的伟大教练揭开了计时塔上的帷幕，巴斯比爵士的铜像正对着计时塔，在他脚下，是曼联纪念品超市的入口。巴斯比那时候，足球不是现在这样子的。我还记得一年前，亚历克斯爵士接受曼联电视台的一次采访，他当时说：“我要让球员们把注意力都放在足球上，他们都是劳工家庭的孩子，买不起什么好东西，忽然有一天，他们能买得起世界上任何一件东西了，他们就迷茫了。我要让他们保持清醒。”

# 约翰内斯堡看球记

2004 年南非获得世界杯主办权时，索韦托举行了庆祝仪式，人们高喊着："钱来了。"世上最奇怪的一个传说就是，举办一个大型体育比赛，能让主办地变得富强。

按照英国足球记者西蒙·库珀的说法，欧洲大陆是"足球的中心"，而那些足球欠发达国家都属于"足球的边缘地带"。按照德国教练雷哈格尔的说法，讲究团队和战术纪律的"欧盟足球"是世界的中心，土耳其、希腊，都是聘请德国教练以提高自己的足球水平，这和他们融入欧盟的步调一致。按照荷兰教练希丁克的说法，他在韩国、澳大利亚和俄罗斯的执教经历都是属于"足球拓荒"，将欧洲足球的先进理念带给边缘地带。南非也还是"足球的边缘地带"。一个叫弗兰克·奥尔贝格的德国教练曾经在南非的卡萨酋长队担任助理教练，他说他刚到球队时发现，全队球员中有十六个人身高不足一米七五，"我有时候会自言自语，弗兰克，你来到了一个小人国"。

我在路上大约花了五十个小时，在约翰内斯堡大约停留了五十个小时，看到了南非世界杯的两场八分之一比赛，阿根廷打墨西哥，巴西打智利。前一场比赛在索韦托的“足球城”，座位应该有八九万，有点儿像鸟巢，周边空荡荡的，寒风凛冽夹杂呜呜祖拉。后一场在埃利斯公园球场，位于市内，1995 年南非队在这里夺得橄榄球世界杯冠军，电影《成事在人》讲述了这个故事。电影开场头一分钟，就把背景交代清楚了，一条公路把两个运动区域分开，一边是白人在草坪球场上玩橄榄球，一边是黑人孩子在荒地上踢足球。

关于南非的足球往事，英国《智识生活》杂志刊登过一篇回忆文章。雷蒙德·惠特克 1970 年代在南非生活，当时，南非最棒的黑人足球队叫“海盗队”，雷蒙德有一天穿着一件写有“海盗队”名号的 T 恤去了趟超市，“我没想到这件衣服能引起黑人售货员的反应，平常他们都像机器一样工作。黑人和白人碰见，眼神也不交流，就当对方是个影子。可就因为这件 T 恤，那些黑人售货员冲我微笑，甚至和我握手、击掌”。

雷蒙德是从他的黑人同学那儿搞到这件衣服的，同时还拿到一张球星卡，上面是“海盗队”里最著名的球星乔莫，这是他的外号，来自 1963 年带领肯尼亚获得民族独立的英雄乔莫·肯雅塔。1959 年，南非开展的职业联赛是完全由白人组成的，各球队都立足于白人生活的城市，1973 和 1974 年，南非白人和黑人之间一共只进行过三场正式足球比赛，白人联赛和黑人联赛相互不来往。1976 年，政府决定推出一项新赛事，由白人联赛的冠军对黑人联赛的冠军打一场“超级杯”。这一年，约翰内斯堡也举行了第一场白人对黑人的拳击比赛。在白人政府看来，这并不是什么改进，足球和拳击本来就是黑人的运动。但那场超级杯赛几乎引发暴乱，随后，体育部门出台新规定，足球俱乐部可以自由挑选队员，不限肤色。也就是说，足球在南非成为第一项可以“融合”种族的体育运动。

1976 年 3 月 16 日，黑白球员并肩的南非队第一次出战，对手是阿根廷明星队，黑人球迷从附近的城镇赶到开普敦的高地球场，三万名观众中白人和黑人大约各占一半，乔莫一触球，黑人观众就爆发出喝彩。雷蒙德已经记不清到底是谁攻入的第一个球，他只记得，整支球队非常自然地融合到一起，以 5：0 击败了阿根廷明星队。白人观众和黑人观众一起陷入疯狂，都在叫喊着“JOMA，JOMA”。雷蒙德说，《成事在人》那部电影，把 1995 年的橄榄球赛当作民族融合的舞台，“但在我看来，这场景在 1976 年就上演过，当然，三个月后，白人警察在索韦托枪杀黑人学生，又引发了种族冲突”。

我们到约翰内斯堡的第一站，黑人导游就带我们去看索韦托的贫民区，他讲述贫民区的现状：屋子里没有自来水，没有电，没有厕所，很多年轻人没有工作，都做小买卖，搞到什么就卖什么，贫民区里也有大富翁，但他不能露富，不能暴露自己的钱从何而来。我刚要询问 1976 年索韦托抗议事件的原委，导游就把我们拉到了赫克托·皮得森博物馆。1976 年 6 月，索韦托的学生抗议学校强制用布尔语教学举行示威，警察开枪打死了赫克托·皮得森，一个十三岁的孩子，这引发了随后的暴乱，从这个博物馆走出去一百米，就是皮得森当年被射杀的街道。拐一个街角，维拉卡斯街 8115 号是游人如织的曼德拉故居。这条街和世界上很多旅游街区一样，有街头表演，有出售纪念品的摊子，有酒吧和餐厅，由于地形较高，站在街上能看见周围低矮的贫民区住宅。

索韦托（SOWETO），是 SOUTH WEST TOWN 这三个词取各自头两个字母组成的新词，指约堡西南的黑人居住区。在这里转了一圈发现，索韦托整片区域又有各自的名称，奥兰多东区始建于 1932 年。在五十年前，某些区域被定义为"黑人的中产阶级社区"，四十平方米的房内有两个卧室和一个起居室，这和我小时候住的工厂宿舍没啥区别。自 1930 年代开始，足球就成为约堡黑人区里流行的游戏，有工厂球队和社区球队，1960 年代，这里的足球就有了半职业化的迹象，奥兰多海盗队和莫罗卡燕子队是其中的佼佼者。前者来自索韦托的奥兰多社区，后者来自索韦托的莫罗卡区，都有各自的拥趸。那时候他们每场比赛能吸引三万左右观众。有一位名叫西邦吉莱·姆卡贝拉的妇女这样回忆："足球是索韦托的主流运动，支持哪家俱乐部也会成为家庭战争。你走进一户人家，他们家里要是紫红色和白色的装饰，你就知道，他们是燕子队的球迷，如果另一家是黑白色调，那就是海盗队的球迷。我和我的哥哥是燕子队的球迷，我爸爸是海盗队的，当他们之间比赛时，你就会知道在家里谁是爹，要是海盗队输了，我爸爸就非常生气，甚至不许我们谈论比赛。"

从老照片上看，当年的球场都是简易看台，海盗队还没有埃利斯公园那样漂亮的主场。索韦托旁边的那个巨大的"足球城"要到 1980 年才建成。当地人回忆："你不用去球场就能知道比分，我家住在球场两三公里外，整个社区的人都从收音机里听比赛转播，如果进球了，你能听到从屋子里传来的欢呼，然后他们就敲着锅碗瓢盆走到街上。你跟足球紧密相连。”

如今的索韦托区，很多空地都被阿迪达斯、耐克圈起来，铺上人工草坪，在世界杯期间，中田英寿、科比、章子怡都出现在这些训练场上。

我们在索韦托转了一上午，随后我们又去了种族隔离博物馆，门票分两种，白人票或黑人票，各走各的入口，这是一段只有二十米的路，黑人这边放置着放大的黑人身份证，白人那边放置着放大的白人身份证，那二十米的路很怪异，我能明显感到被区别对待之后的不舒适。展馆中有相当一部分内容是曼德拉的生平，有一间录像厅，正在播放曼德拉接受审讯的画面，在看这段录像的，有阿根廷球迷，有戴着大草帽留着胡子的墨西哥球迷，有巴西球迷，有西班牙球迷，个个都五大三粗，单个来看，每一个都不是好欺负的，但你要是了解点儿历史，就知道墨西哥、阿根廷、巴西、西班牙，历史上都有“个人受到国家欺负”的时期。这世上，大家都认同曼德拉，不外乎他所说的话是一些最朴素的道理。他在那个九寸电视屏幕上的图像并不清晰，但所有球迷都肃穆地听他说话。我相信，用不了多久，南非世界杯上的镜头我就全忘光了，但这帮五大三粗的球迷聆听曼德拉的一幕，我难以忘记。

# 里约热内卢看球记

成为巴西队的球迷之前，我从未看过巴西队踢球。1982年世界杯，我是从收音机里听巴西队比赛的，凭借播音员的话语，我想象什么叫“艺术足球”，什么叫“桑巴风格”。等巴西队输给意大利队的消息传来，我黯然神伤。1986年，我看上了电视，巴西队被法国队淘汰的时候，我再度黯然神伤。1990年，巴西队被阿根廷队淘汰，电视镜头长久地盯着看台上的两位巴西少女，我三度黯然神伤。

真正看到巴西队的现场，是2002年在韩国西归浦球场，我带着一块绿黄相间的方巾，看世界杯中国队对巴西队的比赛。我第一次发现，巴西队踢球的节奏，与巴西球迷的桑巴鼓点有一种天然的契合。罗伯托·卡洛斯准备罚任意球的时候，我对旁边的球迷说，这球要进。是巴西、阿根廷、荷兰这样的球队，培养起我对足球的热情，让我认识到足球有其风格和美学。

世界杯倒计时五百天，我来到巴西。巴西小城圣玛利亚的一处火灾致使二百三十三人丧命，官方的倒计时庆典取消。耐克要在这一天发布新版的巴西球衣。

巴西经典的黄球衣，也是来自一场失败。1950 年世界杯，东道主巴西最后一场对乌拉圭，史书描述，马拉卡纳体育场二十万人注视下，战平即可夺冠的巴西队被乌拉圭队击败。那场失利成为“民族灾难”。为了振奋民心，巴西搞了一场球衣设计大赛，国家队队服要用上巴西国旗的全部四种颜色：黄、绿、蓝、白。十九岁的插图师阿尔代尔·加西亚·施莱获得胜利，他设计的那款球衣，现在我们都非常熟悉了——黄色球衣，配以绿色衣领或绿色袖口，带白色竖条的蓝色短裤，白色球袜。起先为茵宝产品，后来是耐克制造，细节处多有变化，但球衣的黄颜色始终未变。

球衣设计者阿尔代尔曾经在里约的报社工作了一段时间，他不习惯里约，返回家乡。1964 年，巴西军人发动政变，阿尔代尔被捕入狱。他的博士论文手稿被没收，他被开除教职。后来他居住在巴西与乌拉圭边界，更喜欢乌拉圭队。他成为一个小说家，在他眼里，巴西那些足球选手都是“无赖、酒鬼和大色狼”。我同意他的看法，比赛前必须泡酒吧的罗马里奥和小罗，都是这样有天赋的人，有天赋的人才有本钱浪费自己的天赋。

里约当地一位朋友，开着一辆车带我在市里转悠，前面是一辆货车，上着锁，后面写着一行葡萄牙语，朋友跟我说，那行字的意思是：不要打劫这辆车，钥匙在公司手里，我打不开门。转上高架，朋友指着一个破败楼群中的小足球场：看看这块场地，罗纳尔多是从这里踢出来的。开过一段路，他又指着山坡上一大片贫民窟：看那片贫民窟，阿德里亚诺是从那里踢出来的。

我们去阿维兰热球场看了一场里约州联赛，弗拉明戈对瓦斯科达伽马。车流中有不少小贩在卖各色的膨化食品，他们都穿短裤、夹脚拖鞋，皮肤黝黑，披着一件黄色球衣。球场上的观众多是粗壮汉子，他们最喜欢看到的场面是一个人带球强突，哪怕对方摆好阵形，突破者也是虽万千人吾往矣的架势，每当球场上出现这样的场面，观众席就爆发出最热烈的欢呼。

我们还去了科科瓦多山，海拔七百一十一米。下面阳光普照，山顶的救世基督像却藏身在云雾中。我在半山腰的观景台上看到了面包山，也看到了马拉卡纳球场，那座传奇球场正在改建，水泥看台将换成七万九千个座席。巴西球迷相信，再等一年半的时间，他们的黄色球衣上就会有六颗星。

五百天后，我再次来到巴西，坐进了马拉卡纳球场，德国队和法国队之间踢了一场略沉闷的比赛。我又去了科科瓦多山，看到了晴空下的基督像，去了面包山。去了玛瑙斯，在亚马孙河上坐船。带着一本《忧郁的热带》。去看了伊瓜苏瀑布。在伊瓜苏那天下午，酒店大堂早早备下酒水，球迷们坐在电视前，看着巴西队被德国队打得落花流水。那天晚上，我们出去吃烤肉，路灯下，一个巴西少年，穿着全套的球衣，黄色上衣，白短裤，白色袜子，他在颠球，像入定一样。看得我黯然神伤。

# 约翰逊博士和好奇猫

我在伦敦，拿着地图寻找约翰逊博士故居，好不容易找到那个小楼，看门人说，这里十一点才开门呢，你在外面先转一圈。外面是个小广场，竖立着一尊塑像，不是约翰逊博士，而是他养的猫——“好奇”。等我参观完故居，在出售纪念品的小货架上，发现一张粗劣的印刷品，A4纸大小，题目是“约翰逊博士与猫”，售价五十便士，我买了一张。大略翻译如下。

塞缪尔·约翰逊博士，1755年出版了“英语词典”两大本，后世的英语学习者都要感谢这位先生。但词典的编辑过程非常艰苦，约翰逊博士时常要和他的猫“好奇”聊一聊，以缓解工作的苦闷。有一天，他结束了工作，抽上一袋烟，喃喃自语，用培根的语言谈论科学，用莎士比亚的语言谈论文学，这就足够了。好奇猫看着阁楼里的约翰逊：“不是这样，两百年后，有一个科幻小说作家叫威廉·吉布森，他写了一本书叫《神经漫游者》，这本小说第一次预言，人和电脑是可以互联的，通过电脑网络，人可以进入另一种时空。为了描述这种既虚拟又现实的新空间，吉布森创造了一个新词汇，那就是赛博空间（Cyberspace）。起先，吉布森有这样几个备选词汇——数据空间（Dataspace），信息空间（Infospace），还有一个怪词叫 Burningchrome，最终吉布森觉得还是赛博空间最好。Chrome 这个词虽然没有在神经漫游者或黑客帝国里出现，但谷歌的浏览器和操作系统好像都用它做名字。这在程序语言中是框计算的意思。"

这只好奇猫总是说一些莫名其妙的话，约翰逊博士根本听不懂，好奇猫知道这一点。它有时会忽然失踪，出去转悠几天再回来，有一次它云游归来，对博士打招呼："Long time no see." 博士大惊："这是什么话？" 好奇猫回答："这是中国式英语，但在二百二十年后就会编入牛津辞典，意思是好久没见了。二百年后，很多国家的人都用英语，他们会改变英语。英语并不是世界性语言，烂英语才是。"

约翰逊博士有点儿忧心忡忡，提笔给国务大臣蔡斯菲尔德伯爵写了封信，他说："这本词典完工之后，必将成为万世不朽之作。但我担心语言的纯洁，肯定会有很多粗俗之人使用粗俗之词，因此我毛遂自荐，再来编辑一本敏感词列表，列表中的词汇应该严格控制，不许他人滥用。" 约翰逊博士开始编词典时，曾经向蔡斯菲尔德伯爵要过赞助，伯爵没给。其实，伯爵也为这个事后悔呢，他如果赞助了这样一项伟大的文化工程，势必将青史留名。收到约翰逊博士这封信之后，蔡斯菲尔德伯爵很快送来了三百英镑的津贴，约翰逊博士的后半生就致力于《敏感词词典》的编撰。他希望，神学只使用英译《圣经》的语言，政治、战争和外交谈判仅使用雷利的词汇，其他一切糟糕的词汇一律屏蔽。

如你所知，约翰逊博士这本《敏感词词典》并没有完成就死掉了，后世的英国作家奥威尔得到了部分草稿，他写了本小说叫《1984》，附录《新话的准则》一文，话说某党一统天下，为了贯彻英社（英国社会主义）的意识形态，他们决定对英语进行改革，大家使用新语言而忘掉老语言之后，老的思想也就无法存在了。因为词语是人们思想的工具，比如“自由”这个词，在新语言中，Free 只表示“没有”或“免费”的意思，而不再有“政治自由”和“学术自由”的意思，这样也就没有所谓的自由思想了。总之，人们使用的词汇越来越简单，头脑也就会越来越简单。

约翰逊博士晚年夜以继日地编写词典，看哪个词都觉得敏感，有一天实在累了，就和好奇猫聊天——这些敏感词都不能用了，未来会怎么样？好奇猫说：“1945 年夏天，有个英国老太太，在家里接到任务，要感化一个德国战俘，德国战俘来老太太家里帮着料理花园，这个年轻人工作努力，深得老太太的喜爱。后来，交换战俘，他就回德国去了。第二年，花园里的花草都长出来了，老太太一看，德国人把种子按照几何形状播撒，现在长出来的花，居然排出一行字——嗨希特勒！这个德国人头脑简单，从小接触的词汇有限，不看书，只看广场上用花草摆出来的标语，多么遗憾，他如果用花摆出黑塞的一首诗，那该多好啊。”约翰逊博士听罢，沉吟半晌，一支鹅毛笔掉到了地上。

# 布拉格小记

我在布拉格，逛完老犹太区之后，看见了一家小书店，书店只有一排书架，主要就卖几个人的书——所有和卡夫卡有关的书，哈谢克《好兵帅克》的各种版本，赫拉巴尔小说的各种版本，哈维尔的书，也就是说，这里只卖和布拉格有关的那几个作家的书。四个大书架，好多都是德语书，服务员是个六十岁出头的阿姨，指给我英文书的那个架子，我找到了《我伺候过英国国王》，翻到第十页，服务员开口了："这是我最喜欢的作家！"

"嗯，这也是我最喜欢的作家。"

"你们中国能看到他的小说吗？"

"能看到一部分，但是——"我摇晃手里的书，"中文版本会有删节，比如这里有一大段描写口交的，在中文里全没了——她嘬干净了我最后一滴，一个金发美女用嘴，平常我那玩意都喷到地下室的煤筐里或者床上的手帕里——您能让我先读完这段吗？"

"好吧，你看吧。"阿姨说。

我立在书架前，把那段色情描写看完，怅然若失。

“第一百二十五页还有一大段色情描写，也不错！”阿姨说。

我连忙翻到第一百二十五页，看完：“我不敢肯定这段描写，中文版是否删掉了，我好像看过。”

“那再看一遍也不错啊。”阿姨说。

我挑了三本书，《我伺候过英国国王》《绝对恐惧》《赫拉巴尔访谈录》。阿姨拿过书，我掏信用卡，阿姨说：“这里只收现金。”我只好给她一张五百的，她拿出《绝对恐惧》，问：“你知道这是什么书吗？”

“不知道，难道不是小说集？”

“不是，是书信集，有个美国女留学生，跑到布拉格来找赫拉巴尔，那女的叫杜本卡，老赫被她迷住了，这本书全是写给杜本卡的信。”

“老小子艳福不浅啊，那他操了她没有？”

“那是老赫的缪斯，一般来说，作家会不会操自己的缪斯女神呢？”

“卡夫卡肯定不会，因为他的缪斯是他爸爸！但赫拉巴尔应该不会放过的！”

书店大妈哈哈大笑：“你这小子有点意思！”她拿着我的零钱，不肯给我：“我们去喝上一杯？”见我有些迟疑，她补充了一句：“兴许我们在酒馆里能碰见赫拉巴尔！”

“难道这老小子还没死。”

“说不准！”

大妈把书店门板上了，带我在老城区七拐八拐的，找到一家酒馆，我们进去，里面有一大堆球迷，正在看布拉格的同城德比，赫拉巴尔就在人群之中。大妈扯开嗓子给我介绍——嘿，老赫，这个中国小子在书店里把你的所有黄色段落都看了一遍。赫拉巴尔点点头，我过去和他碰杯，问：“你们支持哪个队？”赫拉巴尔说：“布拉格斯巴达队！你知道吗，罗西基就在这个队踢球！”

“我不喜欢罗西基，我喜欢你们的内德维德。”

“哈哈，他也在斯巴达队踢过！”

“那斯巴达队很牛逼啊！”

“当然，牛逼大了！”赫拉巴尔说。

这时，旁边一个老家伙站起来：“嘿，小子，你不懂足球，你顶多就知道几个球星而已！”看得出来，这个老家伙是布拉格斯拉维亚队的球迷，同城德比，他和赫拉巴尔显然不是一头的，我盯着他看，不知道怎么回应。老赫对那老头说：“得了，老哈，你不要欺负外国人！”

原来这个烟雾缭绕的酒馆里，还藏着一个作家，他就是哈谢克！

我激动得过去和他握手：“我可是看着《好兵帅克》长大的！我太喜欢你了！”

我和他干了一杯啤酒，赫拉巴尔有点儿不高兴：“你到底是谁的粉丝？”

我有些不好意思，但还是提议：“我很高兴见到你们两个，不过，既然我来到了布拉格，干吗不把卡夫卡也叫出来喝一杯呢？当然，哈维尔就算了，他忙着搞政治，我不喜欢搞政治的。打电话给卡夫卡吧？”

哈谢克说：“他妈的，你到底是哪头儿的？不要耽误我们看球了。”

赫拉巴尔说:“他妈的，卡夫卡这个傻逼天天晚上都在家写小说，不像我，早上写!”

我问哈谢克:“你是怎么写小说的? 听说你都是在酒馆里写，写一段就给人朗诵一段，换啤酒喝，是不是这样?”

哈谢克说:“你他妈的知道的太多了!”

这两个老孙子哈哈大笑，比赛开始了，他们就不再搭理我。书店大妈这时走过来，问:“你真的想去看看卡夫卡?”

“想去!”

“走，我带你去看看。”

书店大妈带我出了酒馆，走到河边，看见一座桥，桥上有个小黑影儿在徘徊:“看，那就是卡夫卡，他在构思，不要打扰他!”

我掏出笔记本:“我能上去要个签名吗?”

大妈一把把我抱住:“你不能去打扰他!”

我使劲挣脱，但这个大妈足有九十公斤，抱得我喘不过气来，桥上的小人被这边惊动了，他扭过身来，在他背后，一片乌鸦惊起，呱呱叫着飞满了天。

# 侠之大者

我到香港的第一天晚上，就迫不及待地找了一辆出租车，直奔山顶金庸先生的豪宅。出租车离大门还有半公里，我叫司机停下，从双肩背书包里取出我的黑色夜行衣换上，司机问："您这是要干什么呀？"我说："我要夜闯金宅，和金庸先生讨论文学。"

施展梯云纵，我就上了这别墅的屋顶。趴在上面，正琢磨金先生会在哪个书房，猛然间一道灰色的身影掠过，已经进入右侧的第二个窗户。我悄悄爬过去，倒挂金钟，往屋内看去，只见屋中沙发上坐着两个人，一个正是金庸，一个戴着人皮面具，居然是黄药师。我这次来香港，主要是对金先生修改的新版本武侠小说表示不满，没料想黄药师已经率先发难，虽然看不到他脸上的表情，但他的声音听上去很是不快："我可不喜欢你在花城版《射雕英雄传》里把我写的像个'愤青'，还说我心里喜欢梅超风。"金先生回答得慢条斯理："这些都是我这几年的感悟，不过我当年并不知道，原来的你比较完美，现在我想在你身上加入一些更人性化的因素。"对这样程式化的回答，黄药师面无表情："你在《神雕侠侣》里写杨过和小龙女那段，什么每天想你两百遍，每天想你五百遍，这样的语句也太像琼瑶了。”金庸干笑了两声：“你们总看不上琼瑶，其实我们写的都是流行小说，当年狄更斯写《老古玩店》，在报纸上连载，大家都问他小可耐尔是不是死了，这和我在《明报》上写《神雕侠侣》没什么区别。”这一次黄药师抓住了重点：“狄更斯已经是经典小说了，你能活着看到你的小说成为经典，这很不容易，为什么你要糟蹋自己呢？”

我的武艺不精，倒挂金钟时间长了，大脑充血头晕脑涨，但听得老金在屋里又干笑了两声：“你知道，英国前几年推出了一个写小说软件，狄更斯的重孙女是这个软件的形象代言人，现在谁不能写小说呢，写文章、写博客呢？什么叫经典？我愿意用卡尔维诺的说法，经典是回荡在房间里的声音，而当下是窗户外面嘈杂的声音。在我内心深处始终回荡着的是佛教经典，我的小说不过是时文，是外面的噪声。你们珍视这些东西，可我却觉得它无足轻重，随便我怎么改都行。”

话已至此，多说无益。我两条腿再也挂不住了，一头栽倒在楼下的草坪上。一道灰色的身影飘然而至，黄药师一把把我拽起来：“走吧，小兄弟！”我还心有不甘：“不问问他打算怎么修改《鹿鼎记》吗？”黄药师拉着我飞过太平山：“放心吧，小兄弟，小宝他们生活得很好。我们既然已经被创造出来，造物主本人也不能再将他更改。”

# 重读莫泊桑的《项链》

我在巴黎住的酒店，正对着杜乐丽花园。杜乐丽皇宫早就不在了，但也可以对着花园发思古之幽情。1792 年，路易十六就是在眼前这片地方得知帝制要被废除的消息，随后，保皇一派与倒皇一派在此开战。酒店开在这样的地方，自然价格不菲，加上戛纳电影节、蒙特卡罗 F1 方程赛前后脚地举行，房间已经涨到一千欧元一晚。我能住进这里，要拜马爹利所赐。马爹利三百周年纪念酒会要在凡尔赛宫举行，他们从全球请来三百宾客，我忝列其中，住进了高级酒店。

事先早就收到着装规则，要穿非常隆重的礼服。我虽有几套西服，但算不上礼服，更登不上凡尔赛宫的台面。一位朋友出主意，中式服装可以假冒礼服，穿个马褂或者棉袄，也能对付过去。我说服不了自己，还是弄了一套 GUCCI 礼服，天鹅绒面料小牛皮绲边，里三层外三层裹着带到巴黎。衬衫预备了好几件，还买了个黑领结，淘宝上的黑领结有三十五块钱的，我一咬牙，买了个一百三十五块钱的。在杜乐丽花园旁边的茉黎斯酒店，我对着镜子装扮起来，忽然想起莫泊桑的小说《项链》。

我收拾停当，出门乘车，前往凡尔赛宫。傍晚，凡尔赛宫的游客已离开。马爹利从全球邀请来的三百宾客身着华服，穿越皇家教堂、镜厅、战争厅、皇后寝宫，终于走到凡尔赛花园，沿中轴线望过去，海神喷泉、十字形运河尽在眼前，一百公顷的花园一片沉静，浓郁的绿色映衬着蓝天上的高积云，宾客们互相问："你知道接下来要发生什么吧？"此时，正光线柔和，法国空军特技飞行表演队的八架飞机由远及近，拉出红白蓝三色的烟雾，辗转腾挪，变换着队形从宾客头顶上飞过，飞行队翻飞数次，最后一次，沿着花园中轴线，由高及低，向三百宾客俯冲而来，及至轰鸣声震耳，又拔向高空。

当晚的宴会由名厨保罗·佩雷主理，六道菜配以香槟及马爹利各款干邑，自然是格外精致。餐后照例有焰火，但和餐前的飞行表演相比，漫天的烟花倒显得平淡了一些。坦率说，这是我参加过的最为高大上的活动，马爹利能把宴会摆进凡尔赛宫，原因是他们多年资助凡尔赛宫的修缮与保护，马爹利品牌的形象大使黛安娜·克鲁格说："为庆祝马爹利三百年辉煌历程，今晚我们演绎了法式生活艺术的现代内涵。凡尔赛宫一直被奉为法式生活艺术的诞生地。"

何为"法式艺术生活"？我领略较少，不敢多说。但如果说"凡尔赛宫是法式生活艺术的诞生地"，那我想，法式生活艺术和凡尔赛宫的两个女人必然有关系。一位是杜巴利夫人，法国国王路易十五的情妇；另一位是玛丽皇后，路易十六明媒正娶的夫人。两个女人的共同点是，都喜欢华美的服装、奢靡的宴会、昂贵的珠宝，还喜欢赞助艺术家。1772 年，路易十五要打造一条价值一百六十万法郎的项链送给杜巴利夫人，未及项链造好，路易十五归西，杜巴利夫人被逐。巴黎珠宝商造好项链后，要卖给玛丽皇后。关于这条项链与几年后法国大革命之间的关系，有多本专著，还有一部电影就叫《项链事件》(*The Affair of the Necklace*)，简单来说，玛丽皇后对这条项链表现出的贪欲，让法国民众对皇室失去了好感。

放下这条历史中真实存在的项链，回头再说莫泊桑虚构的那一条项链。《项链》的故事大家都知道，小说翻译成中文不过五千多字。骆塞尔太太要跟丈夫一同参加一个社交活动，骆塞尔太太花四百法郎买了新礼服，还向一位富裕的朋友借了一条钻石项链，她在晚会上很是尽兴，但晚会结束后，她发现，项链丢了。同样一条项链价值四万法郎，商家打折也要三万六，骆塞尔夫妇动用全部储蓄，又向朋友东拼西借，赔偿了钻石项链。这对夫妇用了十年的时间偿还债务，到头来却被告知，那条丢失的项链是假的，不过值五百法郎。

我第一次读这个小说的时候大概是在上小学，后来再读，被骆塞尔夫妇的诚实与责任感所打动，我还能“代入”骆塞尔太太，当她给人家帮佣洗衣服双手变得粗糙之时，她是不是会回望那次通宵达旦的狂欢？她是全场的焦点，散发着魅力。那个虚荣心得到极大满足的夜晚能够给她多长时间的慰藉？

我在巴黎茉黎斯酒店，打开名厨佩雷准备的夜宵点心，喝上一口马爹利，上网读莫泊桑的小说《项链》。原来骆塞尔夫妇的小日子过得不错，他们有一张小餐桌，桌子上铺的桌布每三天就换一回，他们还能吃上肉汤，有一个来自布列塔尼的女佣。也就是说，骆塞尔夫妇是典型的中产阶级家庭，夫人要花四百法郎买礼服，丈夫就能掏出四百法郎，这笔钱并不是维持生计用的，丈夫本想用这笔钱买一把猎枪，也是要玩耍的。骆塞尔太太的毛病呢，就在馋和贪，她梦想着用名贵盘子盛菜，吃一份肉色粉红的鲈鱼或者一份松鸡翅膀。她还想有一处大房子，有大客厅有接待室有小客厅，摆满了瓷瓶和精美家具。这样想想也没什么错，如今的中产阶级，谁都免不了这样想想。“她觉得自己本是为了一切精美的和一切豪华的事物而生的，因此不住地感到痛苦。由于自己房屋的寒伧，墙壁的粗糙，家具的陈旧，衣料的庸俗，她非常难过。”

我在酒店房间里脱下礼服，装入行李箱，想，不知道下一次盛宴在哪里，什么时候才能再穿上这件礼服？要不要再买一套礼服呢？要不要给这套礼服配上一块正装手表呢？恍惚间，我觉得骆塞尔太太正在床上等我呢。

# 日内瓦湖边读卢梭

有这样一个测试，问，这世上的书成千上万，假设其中有一本是你写的，你愿意挑哪一本呢？当年，我和同事一起做这个测试，他非常快速地回答——《社会契约论》。这是卢梭的伟大著作，据称引领了随后的法国大革命。我没读过这本书，但也知道那伟大的开头——“人生而自由，却无处不在枷锁之中”。

两个月前，我去日内瓦旅游，把《社会契约论》《论人类不平等的起源》等都拷到 iPod 里，想着在日内瓦湖边，晒着太阳，把这几本名著都读了。这正是我喜欢的一番做作。可到了日内瓦，吃了几顿好饭，逛了几家表店，卢梭却没读几页。有一日，在老城闲逛，找到了卢梭故居，进入参观，戴上耳机，聆听中文导览解说。故居不大，里面只有几块展板，但导览词写得非常好，先从《忏悔录》中摘取一段原文，讲卢梭的家庭，而后又讲《社会契约论》、讲《爱弥儿》、讲《新爱洛伊丝》，顺着写作轨迹，讲述卢梭生平。二十分钟听下来，我对卢梭的了解前所未有的深入。日内瓦老城区不大，第二天，我又转到卢梭故居门口，忍不住又去听了一遍导览词。我相信，这段导览词出自一位研究卢梭的专家之手，他一定深思熟虑，有所取舍，务求游客能在半个小时内快速了解卢梭。

恰在我出行之前，一位互联网“知识服务商”给我讲过他的理念——现在没有人要读长篇大论，你读了一本书，能否用三千字总结出一个“干货版”？你能否做一段音频，把你的“干货”讲给别人听？如果你把你的“干货”定价为三元，一个月有一万人买你的“干货版”，就是三万元的收入。我站在日内瓦老城格朗大街 40 号，花五个瑞士法郎进屋，就为了戴上耳机，听一下《新爱洛伊丝》的讲解，回想互联网创业的澎湃潮声。

有一位作家说，床头堆满的那些还没读的书像一座墓碑，电子阅读器里的未读书目像一个黑洞。人们面临的读物或信息前所未有的多，以至于人们对自己的阅读速度有很多的不满。有一家科技公司声称，人们之所以读书慢，是因为读书要目光移动，如果目光不移动，盯住一处，文本一个词一个词地跃入你的视野，阅读速度可提升四倍。美国大学毕业生一分钟能读二百五十个词，用这个科技公司的阅读器，每分钟能读一千个词。另外一个数字很有意思，说现在的社交媒体使用者，每天的阅读量大概是五万个单词，这是《了不起的盖茨比》的单词数量。

我以前在一家文化单位工作，每天的工作内容都和读书有关。按我以前的想法，每个人都应该读书，还应该读原著，尽量杜绝二手信息。那时候我们还玩过一个游戏，叫“羞耻”，你要说出一本经典作品，是你没读过的，但参与游戏的其他人应该都读过，比如说你没读过《战争与和平》，但你周围的人大概都读过。玩过这个游戏后，我们会发现，有许多经典作品，我们都没读过。我看过二十多遍《卡拉马佐夫兄弟》，最长的一次坚持到第一百一十页。我以往相信，那些经典作品如《社会契约论》，如《利维坦》等，我早晚会一字一句读完。慢慢地，我不那么确信了。在日内瓦的卢梭故居中，我终于承认，我以后怕是不会再去读《忏悔录》和《新爱洛伊丝》了，我买了一本小开本的《社会契约论》，作为对这本名著的致敬，却知道根本不会去读。

从日内瓦回来两个月了，如果你问我，《社会契约论》都讲了什么？我哑口无言，基本上忘了。伍迪·艾伦有一句俏皮话："我参加一个速读学习班，用二十分钟读完了《战争与和平》，然后知道那是讲俄国的。"我听到的卢梭导览词，大概收获也是这样，不过我觉得也没啥可遗憾的。

我曾那么接近幸福

由曼谷飞往不丹的飞机，我身边坐着一位僧人，他递给我的名片上写着“堪布南给仁波切”，电子邮箱是雅虎的，邮箱名称开头是HAPPINESS，后面是一串数字。我以前读过一本书叫《世界上最幸福的地方》，作者提出了“幸福指数”这个概念，然后他游走荷兰、瑞士一带，写那里的人为什么幸福。作者说，不丹的幸福指数很高，人民都乐呵呵的，他们是亚洲最快乐的人。看着这张名片，我忽然想，是不是这里的国民，所有的邮箱名字都以HAPPINESS打头，后面跟上自己的编号呢？这位活佛的邮箱是“幸福285714@雅虎”，再碰到个导游，兴许其邮箱就是“幸福142857@雅虎”。

飞机途经印度巴多格拉时停靠四十分钟左右，据说不丹航空公司只有两架飞机，每天穿梭往返于泰国、尼泊尔、孟加拉国、印度，从巴格多格拉上来一位贵客，活佛告诉我，这位就是不丹首相，他刚完成对印度的访问，和我们一起乘机到不丹的帕罗机场。四天之后，离开不丹时，机场上铺了红地毯，这位首相先生又和我们同机，飞机要经停孟加拉国的达卡，他要去孟加拉国进行国事访问。一进一出，遇见两次不丹首相。

首相出访，只在商务舱头排预留四个座位，随从及武官都坐在经济舱中。首相能平易近人，国王能知道适时进退，不贪婪权力，国民幸福指数的确能上升一成。

不丹全国禁烟，商店里没有香烟出售，进入不丹如果带一条烟就会被课以200%的重税，这是我略觉不妥的地方。吸烟有害健康，国王为全体国民健康着想，将烟草都禁了，这或许是好事。但一个大活人，总应该有选择不健康生活的权利。1980年代，不丹曾推行“同一国家，同一民族，同一服饰，同一文化”运动，规定男性国民都要穿传统服装“帼”（GHO），是一种连身及膝的短袍，女性国民都要穿“旗拉”（KIRA），市面上溜达一圈，的确不丹男性大多穿着“帼”，着便服者多是尼泊尔人或印度人，而不少年轻女性并没有穿“旗拉”，她们打扮入时，我误以为是韩国游客，向导游打听一番才知道，这里的电视台喜欢播放韩国电视剧，韩国少女的打扮被认为是最时髦的，本国少女纷纷效仿。当年搞“四同”，大量尼泊尔人死难逃亡，如今本国少女能接受时髦事物，这种进步也应该能让人的幸福指数上升一成。

在不丹逛书店，店铺中大多是英语教材，小说流行的是《暮光之城》，看店的小女孩看过《哈利·波特》，玩着脸书，都说不丹与世隔绝，但英语教学能让人打开眼界，CNN、HBO能看到，脸书、YouTube能玩，这也算与时俱进了。一方面不丢弃自己的传统，一方面又能吸收外来事物，这样的幸福指数又可以上升一成。

不丹环境保护做得好，白天抬头望是蓝天，夜里能看见遥远的星河。政府规定，每人每年至少要种十棵树，这里的原始森林覆盖率达到72%。不丹以旅游业闻名，却又严格限制旅行者入境人数，有矿藏又不开发赚钱，其经济落后，2004年在联合国的人类发展报告中，在一百九十二个国家中位居第一百三十四位。我们在都楚来山隘眺望喜马拉雅山脉，在帕罗攀登虎穴寺，举目所见都是美景。导游在旅途过程中，不断询问我们——你们快乐吗？你们开心吗？你们幸福吗？面对这样的问题，我还是不知道该如何回答。

在不丹的一天，当地的一位教授达绍·林钦·坎杜，应邀和我们座谈，他希望用一个小时向我们讲清楚不丹人为什么幸福指数高。他首先说，政府应该负责让人民幸福安康，比如不丹某地发生火灾或地震，政府官员总是很快就能抵达现场，开始救灾工作，他们把“幸福”当作是一项要落实的政策。这一点没什么疑问，享受良好的公共服务，是幸福生活的先决条件。问题出在第二部分，个人的幸福感如何加强。老学者说，我在美国、澳大利亚生活过，但最幸福的地方还是我自己的家乡，外面世界的人都已经成为机器，总是在不停地运转，他们是不幸福的。

我们这一行人，其中有几位公务繁忙，夜里处理电子邮件到凌晨三点，迷迷糊糊听老先生演讲，都闭上眼睛打盹，频频点头。老先生继续强调，不要以为不丹人贫穷落后才得以保持纯朴才得以快乐，纯朴善良、知足常乐是一种本性，我们有时是迷失了自己的本性，过多地追逐身外之物。我一边听老先生演讲，一边非常绝望地想起，我曾经读过一位不丹高僧写过的书，《佛教的见地与修道》，这本书以电子文档方式流传于网络，有一阵子我想学一点儿佛学，有朋友用 MSN 传过来，我看的时候很受启发，内心宁静，清心寡欲，但看过之后，依然在红尘中翻滚，没能脱离半点儿魔道。我绝望地看着老先生，教授也绝望地看着我，像望着一只迷途的羔羊。

图书在版编目（CIP）数据
让我去那花花世界/苗炜著．—南京：译林出版社，2019.1
ISBN 978-7-5447-7546-5

I.①让… II.①苗… III.①随笔－作品集－中国－当代 IV.①I267.1

中国版本图书馆 CIP 数据核字（2018）第 242298 号



**让我去那花花世界　苗　炜/著**

责任编辑　王　维
装帧设计　韦　枫
校　　对　蒋　燕
责任印制　董　虎

出版发行　译林出版社
地　　址　南京市湖南路 1 号 A 楼
邮　　箱　yilin@yilin.com
网　　址　www.yilin.com
市场热线　025-86633278
排　　版　南京展望文化发展有限公司
印　　刷　恒美印务（广州）有限公司
开　　本　850 毫米 ×1168 毫米　1/32
印　　张　8.125
插　　页　4
版　　次　2019 年 1 月第 1 版　2019 年 1 月第 1 次印刷
书　　号　ISBN 978-7-5447-7546-5
定　　价　48.00 元